「こうしてさわられるのを見越して着けてこなかったんだろう？」
両方の乳首を同時にくにくにと揉みたてられ、身をくねらさずにはいられない。
「ぁっ、や……やぁンッ」

嘘つき極道たちのかりそめ純愛♥

～私たち、別れる運命ですが!?～

玉紀 直

Vanilla文庫Miel

NAO TAMAKI PRESENTS

嘘つき極道たちのかりそめ純愛♥
私たち、別れる運命ですが!?

イラスト／炎かりよ

嘘つき極道たちのかりそめ純愛♥

～私たち、別れる運命ですが!?～

プロローグ

――なんて素敵な人なんだろう……。

彼を見るたびに胸がいっぱいになる。話しかけられたら鼓動が駆け足を始めるし、言葉を交わせば心まで高揚する。

「なにか、悩み事があるのでしたら、相談にのりますよ」

おまけにこんなことを言われてしまったら、夢心地になった意識が身体を離れてさまよってしまいそう……。

そんな馬鹿なと思いつつ、さもありなんと自己解決し、千珠真理亜《せんじゅまりあ》は目の前に立つ意中の人を見つめる。

光あふれるロビーには、真理亜が活けた花々が楚々《そそ》とした華やかさを提供している。仕上がったばかりのときには、このロビーの主役はいただいたと優越感に浸った真理亜だが、彼が現れたことで彼女の自信作はすっかり引き立て役になってしまった。

「聖《ひじり》先生……」

――――なんて……素敵な声だろう。

油断すれば出てきそうな感嘆の溜《た》め息を、真理亜は必死にこらえる。

一六〇センチの真理亜が頭ひとつぶん見上げる背丈。三つ揃《ぞろ》えのスーツに包まれた体軀《たいく》はその長身に見合う精悍《せいかん》さを漂わせ、堂々とした凜々《りり》しさが落ち着いた大人の雰囲気をより引き立てる。

天花寺《てんげじ》泰雅《たいが》。真理亜より一回り年上の三十五歳。消費者金融会社の社長である。

華道家として活動する〝聖マリア〟のクライアントで、真理亜は週一回、この会社のロビーに花を活けにきている。

〝聖マリア〟は真理亜の表の名前だ。千珠の名前を出すわけにはいかない真理亜の隠れ蓑《みの》である。

極道、千珠一家の娘として生まれ育った真理亜だが、二十歳のころから偽りの名前を持ち華道家として堅気の仕事を請け負っていた。

二十三年も極道に囲まれて育てば外見や仕草が〝それっぽく〟なってもおかしくはないが、真理亜は幼いころからそれに染まらないよう意識して生きてきたせいか堅気の人間の中にいてもなんら違和感がない。

それどころか、長い黒髪と白い肌、可憐《かれん》に整った目鼻立ちのおかげで清純派美少女系と巷《ちまた》ではいわれている。

そんな真理亜は、彼、泰雅に大いなる恋心をいだいていた……。

騒がしく荒々しい男たちばかりを目にしてきた真理亜には、泰雅のように大人で落ち着きがあり、物静かな中にも堂々とした風格が漂う男性がとても新鮮で、ときめきを覚えずにはいられなかったのである。

出会った瞬間ビビビッときた……という言葉をどこかで聞いたことがあるが、まさしく、それ。

(ああああああっ……素敵……すてき……素敵すぎませんか、今日もムチャクチャ素敵ですね、天花寺社長‼)

真理亜は心の中で絶叫する。

なんなら転げ回ってロビーの床をバンバン叩《たた》きたい気分だ。

しかしそんな無作法はご法度。

特に泰雅の前では絶対に禁止である。彼は〝聖マリア〟を、おとなしく上品で可憐な女性だと思いこんでいる。

極道一家の長女として生まれ落ちた真理亜は、どちらかといえば快活な性格で気風がいい。彼が思っているのと真逆の性分だ。

――本性を見せるわけにはいかない。絶対に……。

「ありがとうございます、天花寺社長。……花を活けにくるだけのわたしまで気にかけてくださるなんて、本当にお心が広い方でいらっしゃいますね」

絞り小紋《こもん》に包んだ身体をわずかにすくめ、恥じらいを見せつつまぶたをゆるめる。

……「ちょーっと、あざとくないかぁ？」と思いつつも、これが堅気の仮面を、いや、〝堅気という大きな猫〟を飼っている真理亜の処世術だ。

「なにをおっしゃいますか」

身体の前で合わせていた両手をさりげなく取られ、その流れるような素早さにドキリとする。

「聖先生のお悩みなら、喜んで聞きますよ。どんな些細《ささい》なことでも貴女と一緒に悩み考えたい」

「天花寺社長……」

（かっこいいっ、かっこよすぎるんですけど‼　なに？　これわたしの妄想とかじゃないよね‼）

心の中でウエディングベルさながらの〝リーンゴーン〟という音が鳴り響く。

ウエディング……はちょっと飛躍しすぎかと思いつつ、彼の真剣な眼差しに真理亜の心は揺れ動いた。

相談してしまえばいいのだ。

こんなチャンスは二度とないかもしれない。

だいたい、悩みの原因は彼でもある。真理亜が彼を好きで堪らないことが、今回の悩み事を大きくしているのだ。

「では……本当によろしいんですか？」

「もちろんです。お仕事は何時に終わりますか？　先生がよろしければ、食事をしながら今夜にでも。は……ちょっと急ぎすぎかな」

張りきって口にしたはいいが、急すぎると考え直したのだろう。泰雅は片頰をゆるめて照れくさそうにする。

大人の男の照れ顔とは、こんなに素敵なものだっただろうか。真理亜の周囲には千珠組の男たちがうようよしているが、こんな、鼓動が跳びはねて口から出てきそうなほどときめく表情を見せた者はいない。

「今日は、こちらのお仕事でラストなんです。ですから、何時でも」

「よかった」

泰雅の微笑みが強烈すぎる。声をかけてもらえるまで鬱々としていた気持ちがすっかり晴れてしまった。

とはいえ、本当に彼に相談していいものかという迷いもあるのだ。

真理亜の悩みは、今朝いきなり告げられた結婚話だ。

それも断ることなど絶対にできない人からの紹介とくれば、想い人がいる真理亜には酷すぎる。

そんな話を、泰雅にしてしまっていいのだろうか。

大いに心を迷わせながら、真理亜は数時間前の出来事を思い返した――――。

第一章　真理亜とマリア

座敷には澄んだ空気が流れていた。

寂として声はなし、ただ花鋏《はなばさみ》が動く音と花同士が触れ合う様子だけに、気持ちを持っていかれる。

手にした白いグラジオラスは凛として美しい。ナツハゼで横にふくらみを、少量のヘリコニアは気持ちばかりの赤みで柔らかさをくれる。

花器は白群青の寸胴花瓶。夏は特に、涼しげな色をチョイスする。

まったく別のものたちが、美しく繊細に、ひとつの作品を作り上げていく。静かな清流のごとき感情の中で研ぎ澄まされる感性。

この時間が、真理亜はとても好きだ。

そんな至福のひとときには、やはり着物で場を締めたい。

夏によく愛用するのは絹の紅梅織《こうばいおり》。柄のチョイスと帯次第で浴衣《ゆかた》としても小紋としても使える。

偶然にも花瓶とよく似た色だった。ただそれだけなのに今日はいいことがありそう、そんな気分になってしまう。

……なので、こんな時間を邪魔されるのは、夏の暑さ以上に嫌いだ……。

慌てていますといわんばかりに大きく響いてくるのは廊下を走る足音だろう。その音が止まったかと思えば、真理亜がいる座敷の襖《ふすま》がパーンと音をたてて開け放たれた。

「お嬢ぉぉ〜！」

勢いがいいわりには情けない声だ。叫びながら飛びこんできたスキンヘッドの青年は、畳で足を滑らせ膝をついて転倒を回避するも、立ち上がる余裕もないまま四つん這《ば》いで真理亜のそばへ寄ってきた。

「わ、若頭っ、若頭をなんとかしてください〜、話、全然聞いてくれないんですよぉ！」

「うぉらぁ！　リキ！　ちょこまか逃げ回ってんじゃねぇっ！」

続いて飛びこんできたのは、黒いTシャツの袖を肩までまくり上げ、よく発達した三角筋を目立たせる褐色の肌をした男だ。

褐色の……といえばどことなくエキゾチックでかっこいいが、単に地黒なうえ日焼けをしているだけである。

怒る気満々で木刀を持った右手には力が入っているらしく、上腕二頭筋が盛り上がっている。こういった男を世間一般では「逞《たくま》しい」「筋肉質で素敵」とかいうのだろうが、真理亜にいわせれば暑苦しいだけだ。

ついでにヤンチャなガキ大将風でウザったらしい。特に夏は、近寄るのもご遠慮願いたい気分になりがちである。

リキはスキンヘッドをかかえながら「ひぃぃっ」と情けない声をあげ、真理亜のうしろに回りこんで身を隠そうとする。が……、身体が大きいので、もちろん隠れられるはずはない。

この行動がさらに気に喰《く》わない褐色男が、木刀を振り上げながら足を踏み鳴らして近づいてきた。

「テメェな、真理亜のうしろに隠れりゃいいってもんじゃ……！」

「兄さん！」

真理亜が厳しい声を発する。場の空気が固まる、凛とした声だった。

振り上げた木刀はそこで止まり、真理亜にそんな声を出させてしまった十歳年上の兄、千珠紫桜《しおう》の動きも止まった。

「大声を出さない。足音がうるさい。襖をちゃんと閉めて」

かすかに柳眉を上げた真理亜が、兄を見ながら要望を出す。先程とは違って抑えた声ではあるが効果は抜群。すぐさま紫桜が摺《す》り足で襖を閉めに向かった。

「でも……襖を開けたのはオレじゃないし……」

「わたしが座敷にいるときはお花と向かい合っているから大声を出さないでって言ってあるし、そもそも畳を踏み抜きそうな勢いで歩くなんて言語道断だし、この夏場に襖を開けっ放しにしたら、せっかくクーラーで座敷を適温にしてあるのに廊下の蒸し暑さで台無しになるでしょう。そんなこともわからないんですか、兄さんは。そんなことありませんよね、仮にも千珠組の若頭がっ」

早口でまくしたて、最後の言葉を強調する。

この千珠組で、真理亜が座敷に入っているときに騒いではいけないのは絶対の約束。若衆をはじめ幹部でさえ気をつける。

それでもときどき、こうして若衆が逃げこんでくるのだ。

絶対の約束があるのに、なぜか。

怒りで突っ走る若頭を諌《いさ》められるのが、妹である真理亜しかいないからだ。

したがって、真理亜の心落ち着く時間を邪魔してまで若衆が座敷に踏みこんでしまうのは、若頭である兄の責任なのである。

「ま、まあ、……真理亜は夏の暑さが苦手だからな。仕事用の座敷なのに、室温が変わるのはいやだよな」

なにか言わねば恰好《かっこう》がつかない。その一心か、紫桜はブツブツ言いながら襖を閉める。戻ってきて花器をあいだに挟み、真理亜の向かいで胡坐《あぐら》を掻《か》いた。

「おっ、今日の花もお洒落《しゃれ》だな。これは……ユリか？　菊《きく》か？」

とりあえずは妹の機嫌を取ろうという魂胆か。目の前に活けてある花を話題にするものの、紫桜の当てずっぽうはまったくの間違い。

目尻をピクリとヒクつかせ、真理亜は諦めの息を吐いた。

「兄さん、白い花は全部ユリか菊ですよね」

「おぅ、葬式でよく見るからな。でもなんだって葬式は白い花が多いんだろうな。もっとこう、派手にしたほうがよくね？　賑《にぎ》やかに送ってやったほうがいいと思うんだよな。真っ赤なバラとかで」

兄さんのときはカラフルなお花で花輪と祭壇を作りますよ……そんな言葉を呑《の》みこみ、真理亜はまだ背後で小さくなっているリキをチラリと見る。

「で？　なにがあったんです？　子分をおびえさせるのも考えものですよ。それとも兄さんは、下の者を怖がらせてナンボ、みたいなその辺のチンピラと同じですか」

「そ、そんなことは……！」

この言葉に黙っていては、千珠組若頭の名が廃る。

紫桜はわずかに腰を浮かし、真面目な表情を作ってヤンチャなガキ大将顔から迫力のあるイケメン顔へ雰囲気を変える。

この真理亜の兄である。元の造りはいいのだ。

「最近シマ荒らしが多くてな。今日も朝から始末に行ったんだが……」

途中で紫桜はギロッとリキを睨《にら》みつける。真理亜の陰に隠れつつ紫桜の様子を窺《うかが》っていたリキが、ビクッと跳び上がったのが気配から伝わってきた。

「コイツが取り逃がしやがってよぉぉぉ！」

「すんません、すんませんっ！」

紫桜は片膝を立てて腰を浮かし、真理亜の背後に向けて木刀を突きつける。もちろんリキは両手をついて平謝りである。

「奴ら、いきなり刃物持って向かってきたんで……！」

「おまえの顔で威嚇すりゃぁよかっただろうが！　その〝何人殺したんだ〟ってツラはなんのためだ！」

「兄さん、言いすぎっ‼」

背後にいる人物に向かってでも、木刀の先が自分に向けられているのは気分が悪い。真理亜は片手で木刀の横っ面を引っぱたき、すっくと立ち上がる。

「どうせ、いきなり強面を何人か飛びこませて威嚇しようとしたんでしょう⁉　いつもそんなのが成功するわけがないじゃない！　ワンパターンなの、兄さんの戦術は！　もう少し頭が回る子分の意見も聞きなさい！　下の者の話も聞けないで、なにが若頭だ！」

よく晴れた夏の午前。この座敷にのみ雷が落ちる。

愛用の木刀を叩かれ、直撃した雷に固まる紫桜。一六〇センチの高さから落ちたそれは、筋肉質であるがゆえに一七五センチよりも大きく見える紫桜に充分な威圧を与える。

だが、その緊迫した空気を吹き飛ばしたのは、威勢のいい笑い声と柏手《かしわで》を打つような拍手だった。

「いいなー！　真理亜の啖呵《たんか》はいつ聞いても気持ちがいい！」

三人の視線が、声のしたほうへ集まる。閉まった襖の内側に、いつの間にやら二人の男が立っていた。

「おじいちゃん！　……と、お父さん」

久しぶりの顔が見えて真理亜は思わず叫んでしまうが、老齢の紳士にだけ声をかけてしまい、慌てて実父をつけ加える。つられるように紫桜も立ち上がり、背筋をピッと伸ばして頭を下げた。

「お久しぶりです！」

姿勢を正してキリリとした様は、立派に若頭の風貌だが、なんといってもたった今妹に活を入れられたところを見られている。紫桜としては少々気まずいだろう。

そのキリリとした顔を老けさせたのが、二人の父親、千珠組の組長、千珠紫竜《しりゅう》である。

息子ほど筋肉隆々ではないものの、まだまだ力では負けないアラフィフで、普段は着流しにメガネ、趣味は読書で税理士の資格持ちという少々インテリっぽい父親である。

「親父が真理亜に大事な話だ」

リキはもちろんだが紫桜もお邪魔ということだろう。自分まで外されるとは思わなかったらしく、紫桜は「え？」という顔をして父と真理亜を交互に見る。

最後に見やった老紳士にニヤッとされたので、やっと理解して渋い顔で「はい」と返事をした。

「すまねぇな、紫桜。おまえにも、今度イイ話持ってきてやるから、待ってろ」

なんだかわからないが「イイ話」と聞けば顔がゆるむ。〝親父〟の「イイ話」が悪かったことはない。

親父やら、おじいちゃんやら言われているが、この老紳士は血縁ではない。とはいえ、実の血縁よりも濃い関係ではある。

九重頭十蔵《このえがしらじゅうぞう》。九重頭組の組長で、千珠組は九重頭組の二次団体にあたる。

大柄で体格がよく、睨み合いでは負け知らずの強面だ。普段からディレクターズスーツを着こなし愛飲の葉巻を咥《くわ》える姿は、極道の元締めというよりギャングかマフィアの雰囲気がある。

見た目は怖い九重頭だが、子ども好きで世話焼きだ。真理亜や紫桜も子どものころからずいぶんとかわいがってもらった。

リキを先に部屋から出した紫桜は、いそいそと真理亜にすり寄り、そろえた指先で小刻みに頭を撫《な》でる。

「真理亜～、ごめんな、怒ったか？　ちゃんと話聞いてくるから、そんな顔するな。かわいい顔が台無しだぞ。まあ、真理亜はどんな顔をしてもかわいいけど」

先程までと声のトーンがまったく違う。それどころかデレッとした顔は、とてもではないが若衆たちには見せられない。

「あとで真理亜が好きなケーキを買ってきてやるよ。でも暑いからな～、アイスのほうがいいか？」

「アイス」

「よーし、お兄ちゃんに任せとけっ。冷凍庫いっぱいにしておいてやる」

真理亜が素直に要望を述べたせいか、紫桜は張りきって平手で自分の胸を叩く。意気揚々と座敷を出て行った。

「相変わらずのシスコンだな。紫桜は」

楽しげに笑い、九重頭は今まで紫桜が座っていた場所に胡坐を掻く。膝頭に手をかけ身を乗り出して、真理亜が活けていた花に顔を近づけた。

「おっ、グラジオラスか。この団子みたいに連なって咲くのが綺麗《きれい》なんだよな」

たとえはどうあれ、見ただけで花の名前を当てたので真理亜にしてみれば「さすが、おじいちゃん」である。

「おじいちゃん、お茶でも……」

「いや、いらんいらん。今、紫竜のところで話をしているあいだ、しこたま飲まされてきた。おかげでサーフィンができそうなくらい腹がザブザブしとる」

「胃液でサーフィンするのは気持ち悪そうだね」

お茶を淹《い》れる必要もなさそうなので真理亜はその場に腰を下ろす。紫竜も九重頭の横に落ち着き、早速とばかりに九重頭が軽快に質問を飛ばした。

「で？　真理亜、イイ男はできたか？」

「は？」

「いやぁ、コイツに聞いても教えてくれないんだ。知らないふりしてるだけなんだろうとは思うけどな」

横の紫竜を指差して疑いをかける。この場合の「イイ男」とは、いわゆる彼氏やら恋人やらと呼ばれるもののことだと察しはつくが、父が答えられないのも当然だ。

そんなものは、いない。

この世に生を受けて二十三年。真理亜に彼氏やら恋人やらと名のつくものがいたことはない。

学生時代、周囲にいた一般人、いわゆる堅気の人間には真理亜がヤクザの娘だと知れ渡っていた。

たとえ気に入ってもらえても、告白に踏みきれるような胆の据わった男子はいない。

家は家、人は人、と妙にドライな女子がいたおかげで、それなりに女の子の友だちはできた。ただ、共学なのに「ここは女子高だったかな……」と考えてしまうほど男の子には縁のない学生時代をすごしたのである。

とあることがきっかけで華道家を志そうと考え、学校に出入りしていた師範に教えを乞うようになった。それからは、真理亜の周囲には女性と花しかいなくなった。

ただし、家にいるときは男しかいないのだが……。

二十歳のころから、師範の紹介で少しずつだが華道家としての仕事を始めた。千珠の名前はマズイので、仕事のときは〝聖マリア〟と名前を変えている。

字面にすると、その方面を信仰している方々になんとなく申し訳ないが、真理亜はこの偽名が気に入っていた。

仕事で接する男性などは真理亜がヤクザの娘であることは知らない。それでも、イイ男、はできないままだ。

――心密かに胸をときめかせるイイ男は……いるのだが……。

「いるわけがないでしょう。真理亜は、そんじょそこらの年中サカってる女どもとは違うんですよ」

差された指を横目に、メガネの奥で紫竜が目を細める。あ、これは……と真理亜が思うのと同時に腕を組み、声にドスを利かせた。

「まとわりつくうるさいハエなんぞ、ドスで一刺しにしておきます」

（おとーさん、ぶっそうです）

父の愛だと割りきっている真理亜なので笑いも出ないが、面白そうに笑いながら紫竜の背中をバンバン叩くのは九重頭である。

「相変わらず親馬鹿野郎大爆発だな！　いいぞいいぞぉ、おまえさんらしい！　そうじゃなくっちゃな！」

はたから見れば娘大事の父親で微笑ましいのだろうが、笑い事ではない。

仕事をするようになってからも真理亜に特別親しい男性ができないのは、娘大好き親馬鹿野郎の父親と、妹溺愛シスコン兄、のせいでもある。

親しい男性の影などチラつかせようものなら、なにをされるかわかったものではない。

それなので、仕事のときも常に男性とは距離を置いて接している。

「真理亜は母親に生き写しだ。紫竜や紫桜が、かわいがるのは当然ってもんだ」

今までの勢いはどこへやら。九重頭がしんみりと口にする。

母親に生き写し。それを言われると真理亜もなにも言えなくなる。

真理亜は母親を知らない。写真でしか見たことがない。真理亜が生まれて間もなく、病気で他界した。

父や兄にしてみれば、真理亜は愛した妻や大好きな母の忘れ形見ということになる。

それがわかっているので、真理亜も父や兄に過剰に干渉するなときつい態度は取れないし言えないのだ。

「美人なところもかわいいところも、清々しく礼儀正しいところも、本当に母親にそっく

り。外に出て堅気の人間と関わって働いているところも同じだ。だが、かわいいからとい
って千珠の家に縛りつけておくわけにはいかない。そこでだ！」
熱弁を揮《ふる》っていた九重頭だったが、最後のところで声を大きくし、自分の膝をパンッと
叩いて真理亜を下から覗《のぞ》きこんだ。
「喜べ、真理亜。俺が、おまえさんの結婚相手を決めてきてやったぞ」
「は？」
二度目の「は？」である。
どうも意味のわからない発言が多すぎる。一瞬、おじいちゃん、いくつになったんだっ
けと、老人によく見られる症例を心配してしまった。
「ヤクザの娘でありながら堅気の仕事をする真理亜には、コイツしかいない。コイツ以外
考えられないって男だ。安心しろ、そんじょそこらのイケメンが束になったって敵わない
くらいの男前だ！　真理亜好みの、Vシネに出てくるような渋い鬼畜だからな！」
話がのってきたらしく声も大きくなってきた。「は？」と発したまま口を半開きにして
固まる真理亜を歯牙にもかけず、九重頭の口は止まらない。
「そいつも今は堅気の男でな。昔、うちの三次団体だった組の若頭を務めていた。ワケあ
って組は解体されたんだが、腕の立つ男気にあふれた奴で、いやぁ、奴さえ了解すりゃ、

うちで拾いたかったくらいだ。だが奴は堅気の仕事がしたいと望んだ。そこで、とある会社の社長に据えてやった」

「は？」

三度目の「は？」は眉間にシワが寄る。

胡散臭さ全開だ。それまでヤクザの若頭だった男が、いきなり会社の社長だなんて。

どう考えてもヤクザ絡みの会社ではないか。それも風俗関係が有力だ。ヤクザが経営しているのでなければ〝堅気の仕事〟といっていいのだろうか。バックにヤクザがついているのなら同じことだ。

ヤクザの資金源として風俗が切り離せないのは真理亜も重々承知している。しかし、だからといって自分が近い場所に立ちたくはない。

……華道家になろうと思ったのだって、それが原因なのだから。

「ああ、誤解するな。本当に普通の一般企業だ。まったく無関係といったら嘘《うそ》にはなるが、ケツ持ちするほど関わってもいない」

真理亜の不審げな様子に気づいたのだろう。九重頭は苦笑して紫竜を親指でしゃくる。

「コイツと同じで頭がキレる奴でな。元の組ではブレーンだった。他の組の組長がシノギの助言をもらいにくるほどだった」

「へぇ……」

真理亜の頭の中では、父親と同じく着流しのインテリ風男が、本を片手にメガネの横を指先で押さえている姿が浮かんでくる。

やっと「は？」以外の言葉を口にしたのを聞いて、九重頭は再び張りきる。

「健気に堅気の仕事を頑張る真理亜には、やはり同じく堅気の仕事をしている男のほうがいいだろう。世間体も保てるしな。そして元極道の世界にいた男だ。ヤクザの娘である真理亜の立場も生きかたもよくわかっている。これ以上にピッタリな男がいるか？」

確かに、元ヤクザなら、真理亜のこともよく理解してくれるだろう。

そしてなんといっても今は堅気になって仕事をしている。華道家という表の顔を持つ真理亜には都合がいい。

親馬鹿野郎といわれる紫竜も、口出しせずに座っている。もしかしたら、胃液でサーフィンができそうなくらいのお茶を飲む時間をかけて、九重頭が説得したのだろうか。

……単に、親父の紹介だから断れないと腹をくくっているだけか……。

しかし、それは真理亜も同じだ。

なにより、真理亜に一番合う男は、と考えてくれたのだ。その気持ちは、とても嬉《うれ》しい。

真理亜はわずかに居住まいを正し、両手を膝の上で組み直して軽く頭を下げる。

「おじいちゃん、ありがとう。わたしのために、そんなにも考えてくれて」

気持ちは素直に受け取ろう。あとは話し合えばいい。まだ結婚など考えられないし、する気もない。

だいたい、真理亜には気になっている男がいるのだ……。

「でもね、わたしは……」

「わかってくれたか！　さすがは真理亜だ！　よーし、早速祝言の準備を始めよう！」

「はっ？」

語彙はどこへ行ってしまったのだろうと感じるくらい、同じ反応しか出てこない。今度のは大きく目を見開き、半笑いで出た「は？」だった。

「向こうは承諾済みだ。こんな好条件はない。祝言は一ヶ月後に決めよう。かわいい真理亜のためだ、準備はうちのほうで進めてやる。それでいいな、紫竜」

「は……はい」

父にしてはキレが悪い。まだ迷いはあるようだが、断れない。そもそも、九重頭のほうに〝断られる〟という選択肢はないに違いない。

それを証拠に、どんどん話を進めていく本人はものすごく楽しそうだ。

「楽しみは後々まで取っておいたほうがいい。奴には祝言の日に会わせてやる。夫婦になる二人が祝言の日に初めて顔を合わせ言葉を交わし惚《ほ》れ合うなんて、かーぁっ、いいねぇ、ロマンだねぇ！」

ムチャクチャ盛り上がっている。当の真理亜は「は？」のまま再び固まってしまったというのに。

「よし、こうしちゃいられねぇ。早速白無垢《しろむく》の手配だ。待ってろよ真理亜、じいちゃん、おまえを三国一の嫁さんにしてやるからな！」

三国一の嫁とは、これまた古い言い回しではあるが、九重頭にとっては最高の褒め言葉なのだろう。

一人このうえなく盛り上がっている。自分で自分のことを「じいちゃん」と言ってしまうあたり、気分は孫娘を嫁に出すおじいちゃんそのものだ。

「生きているうちに真理亜が赤子を抱いている姿が見られるなんて、長生きはするもんだ。撃たれたり刺されたりもあったが、生きててよかった！　楽しみだな～」

話が飛躍しすぎである。

かくして真理亜は、当日にならないと顔も名前もなにもわからない男性と、一ヶ月後に祝言を挙げることになってしまったのである。

とんでもない話をされた日の午後、真理亜は一週間で一番楽しみな仕事場に向かった。

週に一度、株式会社フラワーズファイナンスのロビーに花を飾りに赴く。

社名を聞くと花関係の会社のようだが、ファイナンス、と続くことでわかるように消費者金融である。

五階建ての自社ビルは、一階が広いロビーと接客用の店舗になっている。消費者金融はグレーなイメージを持たれがちだが、ロビーや店舗も明るいイメージで、社員もとても感じがいい。

本能的にわかるのは、反社関係と繋《つな》がっている気配がないことだ。

この手のノンバンクは反社と繋がりがあるものも多い。ここにはその気配を感じない。それなので真理亜も安心して仕事ができるのである。

フラワーズファイナンスでの仕事が楽しみなのは、安心できるから……ではない。

ここに来たときだけ、会える人がいるからだ。

(今日は……いないのかな……)

グラジオラスを大きな花器にそろえて活けながら、真理亜はさりげなく周囲に視線を走らせる。目指す人物の影を探すが視界に収めることはできなかった。

毎週花を替えているので社員も真理亜の作業を見慣れているはずなのに、邪魔にならないようにしながらもじっと眺めている者も珍しくはない。

なにもない花器の上に一本一本花や枝物が活けられ、独特の形を作っていく。その工程が楽しいのかもしれない。

一人で集中して活けるのも好きだが、見られていると、見ててね綺麗に作るからね、と張りきってしまう。

おだてにのりやすいのとは違うと思いたいのだが、期待されるとそれに応えなくてはと使命感が生まれる。

九重頭に結婚話を進められ、自分の将来に関することなのになにも言えなかったのは、こんな性格ゆえのところがあった。

突拍子もない話だから言葉が出なかったのもあるし、もちろん九重頭には逆らえない立場だから、というのもある。

だがそれ以上に、九重頭には真理亜が生まれたときから本当にかわいがってもらっていて、実の祖父と孫のような関係なのだ。

本人は笑い話にしているが、三次団体までを率いる組織のトップとして幾度となく危険な目には遭っている。刺された撃たれたも冗談ではない。

怪我をするたび、見舞った真理亜の手を握って「真理亜の嫁さん姿を見るまでは死なねえから、安心しろ」と笑う。

そんな、真理亜にとっては大好きな大好きなおじいちゃんが、真理亜のためを考えて持ってきた結婚話。

真理亜の生まれを理解している男がいいから、元極道。

堅気の仕事をする真理亜と同じく、堅気の仕事に就いている、真理亜好みの渋い鬼畜。

好みのタイプについては少々誤解があるものの、様々な条件の中から選んでくれたのだろう。

おじいちゃんの期待に応えてあげたい。喜ばせてあげたい。……そんな気持ちが動いてしまったのである。

(でも……でも、おじいちゃん……。わたしには、好きな人がいるんですよぉ！)

口に出せなかった気持ちを心で叫ぶ。

実際にできたらよかったのにとも思うが、あの場で叫べば父が黙っていない。愛用の長ドスの手入れを始めるだろうし、兄もしゃしゃり出てくるに違いない。

真理亜が秘めた想いに身をやつす相手は、ヤクザではなく一般人だ。普通の仕事をする真面目な人だ。

堅気の人間に手は出さないのが鉄則だが、それとこれとは別だと言いかねない。

つい心が乱れ、いらない力が入る。手にしていたピンクのユリの茎を折ってしまうところだった。おまけに活けようとしていた位置がおかしい。

ゆっくりと深く息を吐き、手元に集中する。考え事に気を取られてはいけない。仕上がりに違和感が出るのはいやだ。

会いたかった人に今日は会えなくても、次に顔を合わせたときに、先週の花も綺麗だったと言ってもらえるように。

たくさんの白いグラジオラスで高さを出した下方にはピンクのユリを。アセビでグリーンを足して……。

「よし。今日も綺麗」

仕上がった生け花を見つめ、自画自賛。自分の作品を自分が気に入ってあげなくてなんとする。

「本当だ。今日も綺麗ですね」

背後から聞こえた声に鼓動は大きく跳ね上がる。反射的に振り返った真理亜の目に、待ちわびた人の姿が映った。

「こんにちは、聖先生」

そう言って凛々しい微笑みを向けてくれる男性。優に一八〇を超える長身。三つ揃えのスーツが映える精悍な体軀は、筋肉質であることを窺わせるのに無駄がなく、まぶしいまでのスタイルのよさだ。

(無駄に鍛えればいいってもんじゃないの！　見習いなさい兄さんッ‼)

心で兄に叱責を加え、真理亜はいきなり話しかけられて驚きましたといわんばかりに両手の指先を口元にあて、彼を見つめる。

「天花寺社長……」

真理亜としては彼を眺めるためのアクションだったのだが、泰雅は本当に驚かせてしまったと思ったらしく、長身をわずかに倒して真理亜と目線を合わせた。

「いきなり声をおかけして申し訳ありません。綺麗、という言葉が耳に入り、同意せずにはいられませんでした」

「いいえ、そんな……」

一度彼から視線を外し、口元の両手を身体の前で合わせて、真理亜は再度彼に目を向けてから頭を下げた。

「本日もありがとうございます。社長に『綺麗』とおっしゃっていただいて、お花たちも喜んでいます」

「違いますよ」

やんわりと入る否定。顔を上げ目が合ったタイミングで、失神してしまいそうなセリフが真理亜を襲う。

「俺が綺麗だと言ったのは、聖先生のことです」

本当に……失神してしまいそうだ。いっそ失神したい。この嬉しい言葉を耳に入れたまま冬眠したい。

夏なので冬眠ではない。調子にのって馬鹿なことを考えてしまった。こんなこと泰雅に知られたら恥ずかしいと思うと、頬がふわっとあたたかくなる。

綺麗と言われて真理亜が照れてしまったと考えたのだろう。泰雅は背筋を伸ばして言葉を続けた。

「もちろん、花も綺麗です。ですが俺は、先生が活けている花だから綺麗だと思える。先生に勝る花はありません」

「あ、ありがとうございます。そんなに褒めていただけると、嬉しいやら申し訳ないやらで。……申し訳ございません、上手く会話ができなくて……」

大人の余裕についていけない自分がもどかしい。こんなとき、どう言えば楚々とした大人の女性の雰囲気を出せるのだろう。

彼は、どうしてこんなセリフを落ち着いた凜々しい声と顔で言えるのだろう。

これを、もし組関係の男が言ったのだとしても、こんなに素敵な言いかたはできないだろうし「そんな気障ったらしいこと言う口には、黄色いユリでも活けてやるよ」と言い返してやることもできる。

……いや、黄色いユリの花言葉が〝偽り〟だから、そう言ってやるとは考えるが、組関係の男たちが花言葉なんて趣のあるものを知っているとも思いがたい。

ここは「剣山でもツッコんでやるよ」が妥当である。

しかし当然ながら泰雅には言えない。仕事をさせてもらっている会社の社長だからという以前に、彼は真理亜の想い人だ。

一年前、ここの近くにある地方銀行のギャラリーに花を活けていたとき泰雅に声をかけられた。

『うちの会社のロビーにも、花を飾ってもらえませんか？』

一瞬、実家の同業者かと思いそうになるほど堂々とした迫力で。でもそのあとから見えた落ち着きと堅気の世界の香りは、極道には持ちえないもので真理亜も警戒を解いた。

彼の物腰も話しかたも大人の紳士そのもので、社長なのだと聞いて驚きはすれ納得も早かった。

『銀行で、よくお見かけしていました。清らかで上品な女性が花を活けているので、声をかけたいといつも思っていたのです』

第一印象がよすぎて、止まらない胸の高鳴りの原因がなんなのかわからない。

仕事の契約をしたその日、真理亜の頭の中からは一瞬たりとも泰雅が消えることはなかったのだ。

顔やスタイルもそうだが、雰囲気、話しかた、声、どれを取っても素敵で、なんといっても大人で紳士なあの落ち着きが堪らない。

明確な男性の好みなどなかった。あえていうなら、Vシネマの極道モノに出てくるような男気のある、わかりやすく表現するならオラオラ系の男が好みに近いかも……と考えていたはずなのに、泰雅はそれとまったく違う。

それでも、惹《ひ》かれずにはいられない自分が不思議なくらい。

週に一度、フラワーズファイナンスのロビーに花を飾る仕事をするようになった。

行くたびにほぼ毎回泰雅に会える。

真理亜の一番楽しみな仕事になった。

ひとつ、意識して気をつけるべきは、絶対に〝素〟を出さないことだ。

千珠真理亜の面影は、欠片も出してはいけない。泰雅は〝聖マリア〟を清らかで上品な女性だと捉えている。

〝聖マリア〟が気になったからこそ、仕事のオファーをしてくれたのだ。

それなので真理亜は、泰雅の前では清純可憐な大和撫子になりきるのである。

――絶対に、千珠真理亜になってはいけない……。

「申し訳ないなんておっしゃらないでください。俺は、先生が活けている花を見るまで、花を綺麗だと思ったことがなかったのです。そう思えるようになったのは、先生が活けたからだと思っているのですよ」

大人の社交辞令とは、なんて強烈なのだろう。大人の堅気の女性は、これをどう返すのか。誰かに聞いてみたい。

「ありがとうございます。とても嬉しいです」

頬のあたたかみが収まらない。高揚した顔を泰雅に見られるのは照れくさくていやだが、顔をそらしたら泰雅の顔を見られなくなってしまう。それはもっといやだ。

泰雅がふっと微笑む。

――世の中に、こんな素敵な微笑みが存在していいのだろうか。

「いつも先生が花を活けている姿を見ています。ですから、わかったのです。聖先生、なにか、お悩み事がありますか？」

「えっ⁉」

ドキッとした反射で背筋が伸びた。そんなことはないと口が動きそうになるものの、こんな反応をしてしまっては「そうです」と言っているようなもの。

泰雅の微笑みが「そうでしょう？　そうだと思いました」と語っている。

「今日の花には迷いが見えました。幾度となく手を止め、花を差し替えて。いつもの先生には見られない困った顔をする。心ここにあらずのような……」

「い、いったいいつからご覧に……」

「最初からです。先生が来られる日時に、外出などありえません」

どこから見ていたのだろう。真理亜はてっきり、今日は泰雅がいないものだと思っていたのに。

（でも、そこまで見てくれてたんだ……）

悩んでいることを言い当ててしまうほど、真理亜を見ていたということなのだろう。意識すると鼓動の速度が上がってくる。

「よければ、俺に話してはもらえませんか。貴女の胸の内を」

胸の内をさらしたら、どれだけ泰雅に恋い焦がれているかがバレてしまう。

真理亜は夢心地のまま泰雅を見つめ……。

そして、夢心地のまま……悩みを聞いてもらうという名目で、二人で食事に行くことになってしまったのである――。

＊＊＊＊

フラワーズファイナンスは、地方銀行との提携もある中堅の消費者金融である。

店舗も明るく相談もしやすい。ときどき荒っぽい客がカウンターで怒声をあげることもあるようだが、そういうときは管理部の社員が五階から駆けつけ、素早く客を別室へ連れて行く。

店舗や社内のクリーンな雰囲気は実に好感が持て、給与賞与や年間休日数、福利厚生、保険や手当もシッカリしていることから、ここ数年就活生には大人気だ。

大きなトラブルが起こったこともなく、グレーなイメージを持たれがちな業種でありながら、社員にいわせれば「超ホワイト」な会社なのである。

――表向きは……。

「回収に行きました。いませんでした。逃げられたみたいです。……それで、のこのこ帰ってきたのか?」

その声は、地の底から這い上がってくるような恐怖感を与えるものだった。触手のごとく全身にぐるぐると巻きついて、そのまま握り潰されるのではないかと身の危険さえ感じさせる。

社屋ビルの五階にある社長室には、クリーンで明るいイメージとは程遠い、どす黒く重たい空気が流れていた。

室内には五人の男がいる。大きなデスクの前で床に這いつくばり土下座をする若い男と、その男を見張るように両側を固める二人、デスクの後方に立つメガネ、そして、デスクに両肘をつき口元で指を組んで、室内の空気を作り上げている男。

「……おまえ、これが二度目だったな」

社長——泰雅に問われ、若い男はさらに床に張りつく。

「は、はいぃ……も、も、もうしわけ……」

恐怖で顎がガクガク震えて声が上手く出ていない。身体は固まり、床についた手は指先だけが絨毯《じゅうたん》を掻くように曲がっていた。

会社の警備陣営ともいわれる管理部。常にフラワーズファイナンスを守るために動く、社長直轄の部署である。

　その中には回収課があり……代行班がある。回収課はそのままの意味で、期限がきても返済のないものの回収に動く。さらに代行班は提携している銀行から依頼があったものを回収するのが仕事だ。

　自社のぶんの回収も大切だが、代行業も同じくらい大切である。なんといってもヒビひとつ入れるわけにはいかない銀行との信頼関係がある。

　フラワーズファイナンスの回収課は優秀だ。人員の選考と教育が徹底している。回収には、ほぼミスがない。

　しかしどんなに教育された社員でも、タイミングと運に見放されたときには失敗することだってあるだろう。

　それなので泰雅は、一度の失敗は見逃すことにしていた。

　しかし二度目は……。

「社長、教育部屋行きでいいですか？」

　脇を固めている右の男が口にすると、土下座男は明らかに大きく震え、もう浮いている上半身部分はないくらい床に張りついた。

「もぅし……わきぇ……ぁり……」

呂律も回らなくなってきた。教育部屋は未経験だが、どういった部屋かは回収課なら知っている。左横で思わせぶりに指の骨をバキバキバキバキと鳴らされ、男は失神寸前かもしれない。

床に這いつくばりすぎて、すでに土下座ではない。車に轢《ひ》かれた蛙《かえる》のようだなと思いつつ、泰雅は短く息を吐いた。

「おまえ……」

呼びかけられて身体が跳び上がった反動で両腕が伸びる。こうなると驚いたときの猫のようだ。

ちょっと滑稽に思えてきてかすかに笑いが漏れる。泰雅はそのままひとこと告げた。

「次はないと思ってかかれ」

その言葉に驚いたのは、当人よりも両脇の二人、そしてそれ以上に泰雅の斜め後ろに立つメガネの男だろう。

戸惑いの空気が濃くなるものの、社長の言葉だ、従わない理由はない。メガネの男が顎をしゃくると両脇の二人が這いつくばる男の両腕を持ち、引きずるように社長室から出て行った。

「雪が降りそうです」

三人がいなくなると、メガネのブリッジを指先で押さえながら社長秘書の高西《こうざい》が溜め息をつく。

「夏だが？」

「雪どころか雪だるまが降ります。社長が同案件の失敗を二度見逃すなんて」

「仏の顔も三度までっていうだろう」

「……誰が仏なんですか……。仏からクレームが入りますよ。鬼畜のくせに。昔よりはマシですけどね」

泰雅が煙草を出し、咥えたところで素早くライターの火が差し出される。いつもながら絶妙なタイミングだ。

呆《あき》れていようが怒っていようが自分の仕事に集中していようが、常に社長の動きを察知しボスに仕えることを天命にしている秘書。実に優秀である。

高西は以前、蝶野《ちょうの》組というヤクザの若頭補佐だった。

シマ荒らしには一切の情け容赦がなく、若衆であろうと幹部であろうと同じ失敗は許さない。冷酷非道な鬼畜と呼ばれた若頭に、能力と機転を認められ補佐としてつくことを許された男である。

五年前に蝶野組が解体され、堅気の仕事に就いた今でも、高西は若頭の隣で仕事をしている。

その若頭が、泰雅だ。

「今日は最高に気分がいい。心が清められた。こんな日は人を許すのが楽しい」

「……泰雅さんの口から『心が清められた』なんて聞くと、砂でも吐きそうですよ……」

言いたいことを言う男だが、これも組にいたときから培った信頼関係があるからこそ。

泰雅も高西の物言いを面白そうに笑い、煙草を深く吸いこんだ。

「その煙草も、今日初の一本目ですよね。あの先生に会うまで朝から煙草を控えるなんて、昔の泰雅さんを知っている奴が聞いたら、ショック死しますね」

さりげなく灰皿を泰雅の前に置く。気遣いは完璧だが言っていることに気遣いはない。

モロに煙草の煙を吹きかけられ、少しむせた。

「ほら、こんな煙の臭いがスーツについていたら、聖先生が咳《せき》こんでしまうだろう。あの人が放つ清らかな空気が汚れる」

「ケホ……、はいはい、それなら、いっそ禁煙したらどうです？　無理でしょうけど」

「聖先生が『しなさい』って言うならする」

「ガチっ⁉」

これにはさすがの高西も驚いた様子。自分の趣味嗜好《しこう》にあれこれ言われるのは誰だって気分のいいものではないが、泰雅だって同じだ。

　泰雅は自分がやることにあれこれ言われて素直に聞く人間では、決して、ない。

「おまえだってわかるだろう。彼女が放つ神聖なオーラが。荒ぶる気持ちも鬼と化しそうな心も、すべて清めてもらえる。名は体を表すとは、まさしく彼女のことをいうんだ。俺は本物の聖なるマリア様とめぐり会った気分だ」

「聖母マリアって、処女で孕《はら》んだんでしたっけ。んなわきゃねーだろって気は大いにしますが、確かに聖先生は清純派美少女って感じですよね。……変態オヤジに高く売れるタイプだな……」

　マリアを崇める泰雅の横で、高西の発言はやや不謹慎である。この程度なら大丈夫だとわかっているからこそ口に出したのだが、どうやらマリアに関しては今までのルールが通用しないらしく、いきなりスーツの片方の襟を摑《つか》み上げられた。

「失言でした！　申し訳ございませんっ！」

　清々しいまでの謝罪を聞いて、泰雅の手がパッと離れる。NGワードを頭に叩きこみながらスーツを整え、高西は泰雅の喜ぶ話題を振った。

「でも、今吸っちゃっていいんですか？　今夜は聖先生と食事に行くんですよね？」

　効果はてきめん。泰雅の眉間に寄りそうになっていたシワはスッと消え、目元がなごむ。

「ああ、やっと誘えた。速攻でレストランを予約したんだが、彼女の楚々とした雰囲気から、和食のほうがよかっただろうかと少し悩んだ」

話をしながら、泰雅は彼女のことを考えながらレストランの予約を入れているときの気持ちを思いだす。

心臓がやけに速かった。けれどカチコミ前の脈拍とは違う。もっとこう、あたたかいものが込み上がってくるような……。

「待ち合わせ場所へ行く前に着替えるし、シャワーも浴びて身を清めていく。煙草のにおいは大丈夫だろう」

高西が「ヤバいものを見た」といわんばかりの顔で泰雅を凝視している。

おそらく、こんな照れた嬉しそうな顔、昔の知り合いには見せられないと思っているに違いない。

「でもねぇ、一年前、ロビーに花を飾ることにしたと言ったときはビックリしましたよ。花なんて言葉、泰雅さんも知ってたんだと思って」

「おまえより頭はいいつもりだが」

「知ってますよっ、そんなのっ」

ちょっとムキになってから、高西はハアッと息を吐く。気まずそうに言葉を続けた。

「自分はてっきり、花屋に泰雅さん好みの気風のいい粋な美人でもいたのかと思って。そうしたら……全然違う、おとなしい清純派美少女のお花の先生で」

「一見かわいいが、表情にときおり鋭いものを感じる。怒られてみたいねぇ。きっと全身の血液が逆流して勃《た》ちっぱになるくらい粋な美人顔になる」

「泰雅さんがそこまで言うのは珍しいですけど、なんにしろ怒っているときに会ったわけでもないし。どうしてまったくタイプじゃない乳臭い女……好みとは違う女の子に惚れちまったんでしょうね」

途中で言い直したのは、この言いかたはマズイと自己判断したからだ。高西に伸びかかっていた泰雅の手が止まったので、この判断は正しい。

「どうしてって言ってもな……。気になっちまったんだから、仕方がない。こういう気持ちは、自分じゃどうにもできない」

泰雅は改めて、初めてマリアを見かけた日のことを思いだす。

一年前の春、提携先の銀行へ顔を出したとき、ロビー横のギャラリーに花が活けられているのを見つけた。

いつもは花瓶に入れられているだけだったのに、水張りの花器に剣山を使った本格的なものだった。

花になど興味はないのに目が留まったのは、蝶野組にいた時代、玄関にはいつも姐《あね》さんが活けた花が飾ってあって、それを思いだし懐かしくなったのだ。

おまけに花器には蝶の柄が入っている。

――スーツの下に隠した蝶の刺青が疼《うず》いた。

聞けば、取引のある華道家の弟子で、活動を始めてまだ二年足らずの女性が活けにきているという。

最初は好奇心だった。次に訪れる日を聞き、時間を合わせて見に行ったのだ。

長い黒髪をたらした着物姿の女性が、蝶がデザインされた花器と花に向かい合っている。楚々とした、清らかな水の流れを思わせる手の運びは、見ている泰雅まで浄化されてしまいそうで、ゾクゾクっと全身に戦慄を覚えた。

血液があたたかく逆流する。不可解な感情が湧き上がり、それがなんなのかわからない自分がもどかしい。

その答えを追い求めるかのよう、泰雅は聖マリアという華道家が花を活けにくる日には必ず銀行へ足を運んだ。

彼女が花を活ける姿に心が癒やされた。

完成した花は美しく、彼女がいなくなってから必ずスマホで写真を撮るほど気に入っていたのだ。花を綺麗だと思ったことなどなかったのに。

花はもちろんだが、なにより彼女の美しさ清らかさに心惹かれている自分がいる。不思議だ。どう考えても、彼女は自分が好みだと認識していた女とはまったく性質が違う。

それなのに、本能的ななにかが、彼女を求めてやまない。

春がすぎ初夏の風が吹くころ、花器の柄が変わった。

春のあいだ、どこかしらに蝶がデザインされた花器が使われていたのに、今回は白緑《びゃくろく》の焼き物。

これは、声をかけるチャンスではないだろうか……。

『こんにちは。今日は、花器の雰囲気が違いますね』

いきなり男に声をかけられたのだから驚くだろう。こういった清純派の女は、本当に清純派か実はスレているかのどちらかだが、変におびえられてもいやだ。泰雅は極力、柔らかい雰囲気で話しかけた。

最初キョトンッとしていたマリアだが、すぐにほんわりと微笑んでくれた。

『はい、夏ですので、変えてみました。夏は涼しい色を使うようにしているのです』

なんてかわいらしい笑いかたをするのだろう。世の中に、こんな可憐な笑顔を作れる女がいたとは。

『今まで、ずっと蝶が描かれた花器でしたよね？』

『花器までご覧になってくださっていたのですか？　嬉しいです』

『なぜ蝶を？』

『わたし、昆虫は苦手なのですが、蝶は好きなのです。蝶には変化や成長、復活の意味があると聞いたことがあって。青い蝶は幸運のシンボルだそうですよ。素敵ですね。ですから、春は蝶と決めているのです』

ドキリとした。

──泰雅の身体には、羽ばたく蝶の刺青がある。

親に捨てられ施設を逃げ出して、野良犬同然のチンピラだった泰雅を拾ったのが蝶野組の組長だ。

泰雅の覚えのよさと喧嘩《けんか》の強さに目をつけ、身体を鍛えさせ覚えるままに勉強をさせた。そうして他の組にも一目置かれる若頭にまで成長した。

蝶野組において、蝶の刺青は組長とそれに近い幹部しか入れることを許されてはいない。組長が泰雅に言ったのだ。

──蝶の刺青には、変化や成長、復活の意味がある。どうだ、おまえにピッタリだろう。青い蝶を彫れ、泰雅。青い蝶は幸運のシンボルだ。

一生仕えても恩を返しきれない組長。組長は、病気で他界した。

その恩師と同じことを、マリアが口にしたのだ。

『うちの会社のロビーにも、花を飾ってもらえませんか？』

とっさに口から出ていた。この場で話をして、それっきりのことにはしたくなかった。

マリアは最初、泰雅のことを会社で上の地位にいる人だとは思っても、社長だとは思っていなかったようだ。フラワーズファイナンスの社長だと知り、キョトンとしていた。

その仕草がまた、とびきりかわいい。胸の奥をハンマーで叩かれたくらいの衝撃を喰《く》らい、心臓が停まるかと思った。

『社長さんだったのですね。落ち着いた大人の男性という雰囲気で、素敵な方だなと思っておりました。お声がけいただけて光栄です』

世の中に……世の中に、こんなにも可憐でかわいい女が……存在、した……。

「俺もなんて言ったらいいかわからないが、彼女と言葉を交わしていくうちに、こう、胸の奥がぎゅぉ～っていうか、ぎゅんぎゅん跳びはねるっていうか、蝶の羽がバッタバタして鱗粉《りんぷん》がキラキラ舞って、こう、熱いっていうよりフワッとあたたかい気分になって、澄んだ清流の流れに身を任せているようなピュアなときめきっていうか……」

「わっ、わかりましたっ！　もういいです、もういいです！　すとーっぷ！　たいがさんっ、すとーっぷ‼」

両手のひらを顔の前に出し、なにか見えないものを受け取ろうとしながら夢心地で話す泰雅に、とうとう高西からストップがかかる。

これ以上マリアについて語らせたら、夢心地どころか〝マリア教〟を作り上げてしまいそうな雰囲気だ。

その前に泰雅の口から「ピュアなときめき」などの言葉が出てきたことで、本当に砂でも吐きそうになっているのかもしれない。少々、高西の顔色が悪くなった気がする。

しかしさすがは若頭時代から泰雅を支える男である。彼はひとことで泰雅を夢心地から現実に戻した。

「聖先生がかわいいのはわかりますよ。実際かわいいですし。泰雅さんをそれほどまでにしてしまうんですから、ある種、魔性の女的なかわいさがあるんでしょう。でも心配なんですよ。泰雅さん、一ヶ月後には結婚するんですよ？」

「ん？　ああ、そうだったな」

「そうだったな、ってぇっ！」

高西は両手で頭の横を押さえる。これは、今、泰雅が一番頭に入れておかなくてはならないことではないのか。

しかし彼の頭の中はマリア一色だ。

「そんなに聖先生が好きなら、結婚の話は断ればよかったじゃないですか」

「ん～、断るといってもな、九重頭の大親分さんには、組長が亡くなったときも組を解体するときも世話になったし。堅気の世界でやっていきたいって俺が言えば、この会社の社長に据えてくれて……」

腕を組み、エグゼクティブチェアに深く寄りかかる。今さらながら、泰雅は声に重さを足した。

「蝶野の組長の次に……恩がある人といってもいい」

蝶野組は九重頭組の三次団体だった。トップの九重頭は目が行き届く男で、三次団体でありながら蝶野組の若頭だった泰雅も、いろいろと世話になったのである。

組長が病死したとき、九重頭は泰雅に組を継ぐように言った。それじゃなければ九重頭のところに来いと。しかし泰雅は、制裁覚悟でどちらも断ったのだ。

その理由として大きかったのは、病床に伏していたときの組長の言葉だ。

『俺が拾ったばっかりにおまえを極道にしちまったが、おまえはきっと、堅気の世界でもやっていける男だ。それだけの技量がある。もう一度、真正面からお天道様を浴びて生きていけ』

蝶野組は、器の大きな組長だからこそまとめられていた。泰雅が継げば内部抗争が起こるのは目に見えている。

そして、自分にとっての〝親父〟は組長だけだ。あの人がいなければ今の自分はない。それを心に刻んで生きていきたい。

その親父がいなくなって、泰雅が極道の世界で生きる意味はなくなった。足を洗おう。

親父がきっかけの言葉をくれたように、真正面からお天道様を浴びて生きてみよう。堅気の世界に戻ろう。

それが泰雅の決心だったのだ。

この会社の社長に据えられて五年が経つ。就任したときは少々グレーに近い業務内容だったし、業績も中途半端。それを少しずつ変えていった。

今では社員に「超ホワイト企業！」と自慢されるほどだ。

九重頭に紹介されたとはいえ、会社に組関係者が出入りしているということはない。もともとこの会社は足を洗った九重頭の舎弟が興したもので、起業時には〝堅気になった祝い〟ということで九重頭からの資金協力がずいぶんとあったらしい。

その礼、という名目で、毎月一定の金額が九重頭組に流れてはいる。フロント企業、といえるほどの金額でもないがまったく繋がりがないわけでもない。

そんな九重頭が、先日泰雅に結婚話を持ってきた。

相手は、千珠組の娘だという……。

娘は二十三歳らしい。一回り年下だ。十二歳差が悪いわけではない。そんなことをいえばマリアとだって同じだけ離れている。

千珠組は九重頭組の二次団体。なんでも娘は堅気の仕事をしていて、同じ堅気の仕事に就いている泰雅しか一緒にできる男はいないと思ったらしい。

……と、いう理由は少々盛っている。

本当は、別団体ではあるが九重頭が協定を結んでいる、不知火会《しらぬい》の若頭を、もう一人の結婚相手候補に考えていたそうだ。

不知火会の若頭も、堅気の人間で固めた会社を経営している。しかし考えていた矢先、彼は自分で結婚相手を見つけてさっさと祝言を挙げてしまった。

白羽の矢は迷うことなく泰雅に突き刺さる。

九重頭は千珠組の娘を自分の孫のようにかわいがっているから、是が非でも自分が認めた男と結婚させたいのだ。

「千珠組かあ……」

呟いた声が憂鬱そうに聞こえたのかもしれない。慌てて高西が口を開いた。

「でも、ほら、千珠の娘はすっごい美人だって聞きますよ。気風のいい姐御肌だって。泰雅さんの好みに、どストレートじゃないですか。……見たことはないですけど……」

「俺もない」

千珠の娘については噂《うわさ》しか知らない。亡くなった母親に生き写しで、極上の美人らしい。父親である組長と兄である若頭に溺愛されていて、暴走気味の若頭を制御できるのは妹しかいないといわれるほど芯のある性格だとも聞く。

蝶野組にいたときに得た情報しかないが、溺愛されているがゆえにあまり表には出てこない。特に極道関係の人間に姿をさらすことはなく、九重頭のようにごく近しい人間しか話もしたことはないという。

堅気の仕事をしているのなら、その育ちかたは正解かもしれない。それだけの美人なら、風俗系のシノギを仕切らされていた可能性もある。

美人で粋な姉御肌。高西の言葉ではないが、本来は泰雅好みの女であるはずなのに……。

「千珠かあ……」

同じ言葉で再び深い溜め息。よほど悩んでいるのかと高西があたふたする。

「あそこの組長、苦手なんだよなぁ……。結婚したら、あの人が義父かぁ……」

「悩んでんのソコですかっ！」

娘ではなく父親のほうで憂鬱になっているとわかり、高西はホッとした反動で泰雅をからかう。

「義理の親のことで悩むなんて、泰雅さんのほうが嫁さんみたいですね」

「俺、インテリヤクザって苦手なんだ」

「泰雅さんが言いますか！」

「ガキのころ、俺を親の敵《かたき》みたいに追っかけ回した少年課の刑事に似てるんだよな。あの手の顔はトラウマだ」

「いや、この際、親の顔はどうでもいいでしょうっ」

どうでもいい。

ついでにガキのころに追っかけ回された刑事の顔もどうでもいい。なんとなくいろいろ理由をつけてこの結婚話から逃げようとしている自分を感じて、泰雅は自己嫌悪の溜め息しか出ない。

「なんだかんだいって、避けられるもんでも逃げられるもんでもないな」

腹をくくるしかないのだ。千珠の娘とは、どのみち一ヶ月後に祝言が待っている。当日に会わせるという演出はよくわからないが、九重頭に言わせるとロマンらしい。

「泰雅さん……、変な話をしますけど、もし、聖先生と……その、男と女としてウマイこといったら……、情婦にでもしてそばに置くんですか？」

なかなかツッコんだことを聞かれてしまった。あの清純可憐なマリアと、男と女として……なんてことがありえるのだろうか。

もちろん、そんなことになれば嬉しいに越したことはないが……。

「あの人に、情婦なんてもんは似合わねえよ」

マリアの微笑みが脳内を埋める。可憐でかわいらしい、清らかな水だけを飲んで育ったような、優しい花のような女性。

自分のような過去を持つ男が触れてはいけない花だとわかっていても、泰雅は今の自分の気持ちに嘘はつけない。

女という生き物に対して初めて感じる、おかしな胸の鼓動、少しのあいだでいい、このあたたかな鼓動に自分を従わせたい。

「あの人が……もし俺を求めてくれるなら別だが……」

そんなありえない希望を口にして、泰雅はわずかに自嘲する。

ひとまずは今夜の逢瀬《おうせ》を楽しみに。

ただひとつ気をつけるべきは、自分の素を出さないこと。

マリアは泰雅を、落ち着きのある大人の紳士、だと思っている。おそらく彼女の好みの男性もそのあたりなのだろう。
彼女といるときは、そんな男でいよう。
――絶対に。
多分、できると……思う。

第二章　一ヶ月間だけの恋人

プライベートで男性と食事に行くなんて初めてだ。

それも相手は恋い焦がれる男性。

緊張しないはずはないし、考えただけでドキドキして堪らない。

しかし真理亜には、緊張したりドキドキしたりする前に考えなくてはいけないことがある。

「なに着ていこう！」

情けない声で叫びながらクロゼットを開ける。洋服をざっと眺めてから続き部屋になっている和室へ飛びこみ、着物用の和簞笥《わだんす》の引き出しを開けた。

「絽《ろ》？　紗《しゃ》？　いいや、麻？　緊張してかしこまってなんていませんよ、を演出するためには、やっぱり紅梅織？　ああああああ〜、でも、イタリアンレストランだって言ってたしなぁぁぁぁ」

唇をキュッと引き結び、これはやっぱり洋服かと考え直して洋室へ戻る。開けっ放しのクロゼットの前で腕を組み、仁王立ちで柳眉を吊《つ》り上げた。

好きな人と食事に出かける。

この重大イベントで着ていく服に悩むなんて、恋する女の子そのものの健気さ。……ではあるが、悩むあまり真理亜はブラジャーとショーツだけという身内にも見せちゃいけない姿で自室を走り回っていた。

真理亜の自室は広い。洋室と和室が続き部屋になっている。和室には和装関係や仕事の道具がそろえられており、洋室のほうはクロゼットに洋服、ベッドにデスク、パソコンもあればぬいぐるみも転がっているしクッションもある。

お気に入りは量販店で購入した〝人をダメにするクッション〟だ。

仕事で疲れた日に、とりあえずと思って座ると確実に寝てしまうので気をつけるようにしている。

家が極道とはいえ、ヤバいものは転がってはいない。出窓には花も飾ってあって、普通に女の子らしい部屋である。

「キャミワンピとかかわいいよね……でも子どもっぽすぎるかな。スーツ……社長に合わせるとしたらスーツかな……。一応持ってるけど、でも、あんまかわいくないなぁ……。

せっかく社長とお食事なんだから……」

ハンガーにかけられた洋服を探りながら独りごちる。途中で手を止め、あたたかくなる頬を実感した。

「……社長とお食事なんだから……かわいくしたいし……」

誰かに見せるために自分をかわいくしたいなんて思うのは、初めてではないか。

別にデートというものに出かけるのではない。ただ話を聞いてもらうために「それなら食事でもしながら」という流れになっただけだ。

こんなにあたふたしているのは真理亜だけ。泰雅はきっと約束の時間まで仕事をして、自宅に帰る前に外食をするくらいの気軽さでしかない。

わかっているけど……。

「だって……嬉しいんだもん……」

洋服たちから視線を流すと、クロゼットのドアの内側に取りつけられた姿見が目に入る。下着姿のままこんなに慌てて。なんて大人げないんだろう。

たとえ冗談でも泰雅には言えない。

鏡をじっと眺め、真理亜は決心して眉を寄せる。

「ブラ……かわいいやつにしよう。おニューのセットっ」

自分が大人げないなんてわかっている。今大切なのは、間に合うように着ていくものを決めることだ。

　このとき、真理亜の頭の中からは結婚に関する悩みが完全に消えていた。


　時間ギリギリまで悩み、真理亜が選んだのはシェルピンクのワンピース。

ネックラインをしっかりカバーするバンドカラー、五分丈のバルーン・スリーブにスカートは膝丈。ウエストを軽く絞る前リボン、同じく前ボタンがウエストまで続いている。

極力露出を抑えた清楚系、オフホワイトのハンドバッグと同色の五センチヒールのパンプス。髪はキッチリしすぎない程度に大きめのバレッタでまとめ髪にした。

なかなかいいぞと自画自賛し、真理亜は待ち合わせ場所になっている大型複合商業施設のビルへ向かった。

　迷惑でなければ家の近くまでお迎えに行きますと言ってもらったが、迷惑ではないにしろ家の近くはマズイ。組の関係者にでも見られたら面倒だ。

　申し訳ないからとお断りして、予約したというレストランが入ったビルの前を待ち合わせ場所にしてもらった。

正直いえばちょっと惜しい。せっかく泰雅の車に乗せてもらえるチャンスだったのに。

待ち合わせは十八時半だが、三十分も早く到着してしまった。

ソワソワして早めに家を出たのが原因である。どれだけ楽しみなんだろうと苦笑いだ。

時間を潰すために施設内の公園をゆっくり歩く。仕事帰りの人が多いなか、ときどき腕を組んだり手を繋いだりしながら歩く男女とすれ違った。

恋人同士だろうか、夫婦だろうか。今までそんな男女を見ても仲がいいなと微笑ましい気持ちになるだけで、特別な感情は動かなかった。

なのに今は、羨ましいと思ってしまう。

好きな人と腕を組んだり手を繋いだり。どんな気分なのだろう。

どんな気持ちになるのだろう。

そんな男女を数回目で追って、ふと寂しくなる。

真理亜は、好きな人と手を繋いで歩くこともできないまま、会ったことも話したこともない男性と結婚をするのだ。

（天花寺社長の手……大きいんだよね……。指も長くて、かっこいいの）

自分の手のひらを眺めながら、真理亜はこの手が彼の手に包みこまれたときのことを思いだす。

それだけで手がジンッと痺《しび》れて熱くなり、手どころか顔まで熱くなった気がして歩調を速めた。

約束の時間十分前。このくらい前なら行っても大丈夫だろう。泰雅は何分前くらいに来るだろう。時間ピッタリかもしれない。

（意外にも時間にルーズだったりして）

いろいろ妄想しながら待ち合わせ場所へ向かう。ビルの正面が見えてきたのと同時に、出入口の前に立つ長身でスーツ姿の男性が目に入った。

（社長？　まさか）

そう思ってしまうのは、その男性の雰囲気が、見かけるたびに頭に焼きつくほど眺めている泰雅にそっくりだったからだ。

しかしスーツの色が昼間とは違う。彼はきっと仕事帰りにここへ向かうだろうから、チャコールグレーのスーツであるはずだ。

そこに見えるのは、暮色蒼然《ぼしょくそうぜん》とした景色に溶けこんでいきそうな、プルシアンブルーのスーツ。

男性がこちらを見る。真理亜に目を留めたまま視線をそらさない。その顔は間違いなく泰雅だ。

（社長だ！）

どうやら到着のタイミングが同じだったようだ。小走りで彼に駆け寄り、真理亜は笑顔で会釈をする。

「こんばんは、天花寺社長。わたしのほうが早いだろうと思ったのに、先を越されてしまいましたね」

……なぜだろう。泰雅はじっと真理亜を見たまま言葉を発しない。

まさか人違い。……の、はずはない。真理亜の本能が、泰雅を見間違うはずがないと強がっている。

「あの……天花寺社長？」

「……聖、先生？」

「はい」

「聖マリア先生ですよね？」

「そうですが……」

すると、いきなり泰雅が片手で顔を押さえ、真理亜に背中を向けた。

「社長？」

「すみません……、まさか、洋服で来られるとは……。予想外で……」

仕事のとき、真理亜はほとんど着物だ。たまに洋服のときもあるが、泰雅には着物姿でしか会ったことはない。

背中を向けられてしまうほど似合っていなかったのだろうか……。

「こ、こちらこそ申し訳ございませんっ。今すぐ着替えてまいりますので……！」

動揺のあまり、今から帰って着替えるという無謀な言葉が口をついて出る。踵《きびす》を返しかけた真理亜の腕を、泰雅が摑んだ。

「そんな必要はありません。とてもよく似合っています」

「ですが……うしろを向いてしまわれるほどご不快だったのでは……」

「それは……その、初めて拝見した洋装があまりにかわいらしくて……」

「え？」

「かわいらしすぎて、戸惑ってしまい……。お見苦しいところをお見せいたしました」

「い、いいえ……ぁの、ありがとうございます」

そんなことを言われたら、真理亜のほうが戸惑ってしまう。

彼の大人な雰囲気に似合うように、は無理でも、一緒にいて恥ずかしくないように……かわいくしたい。そう思った。

かわいいって言ってもらえた。それだけで泣けてきそう。

真理亜の腕を放し、泰雅は改めて背筋を伸ばす。

「来てくれて嬉しいです。ありがとうございます」

「そんな、社長がわたしに気を使って誘ってくださったことなのに」

「いきなり誘うなんて非常識だって思われていないか心配でした。ですが来てくれたらいいなと期待して、先生に仕事帰りの崩れた姿を見せないよう、シャワーを浴びてしっかり着替えてきましたよ」

スーツの襟をキュッと引っ張り胸を張る。自慢げな態度でおどける彼がおかしくて、真理亜は肩をすくめてクスクス笑った。

「最高にかわいい先生と食事をしていてもおかしくない男に見えるように、身だしなみも整えてきたつもりなんですけど……。あまり変わってないかな」

泰雅が芝居がかった気取りかたをするので、真理亜もおかしくなって気持ちが軽くなる。小さく笑いながら話にのった。

「最高に素敵です。わたしも、社長と一緒にいて不釣り合いにならないように着るものに悩んで、着物だ洋服だって部屋の中をバタバタと走り回っていました」

「走り回る先生、見たいですね。きっとバタバタしていてもかわいらしいんだろうな」

「やめてください、恥ずかしいです」

二人でアハハと笑い合い、場がなごむ。はにかんだ笑顔を見せると泰雅も面映ゆい笑顔を見せてくれた。

（こんな笑いかたもするんだな……かわいい……）

失礼なことを考えてしまった。

照れくさい。彼の笑顔がくすぐったくて直視できない。

「行きましょうか。そろそろ予約の時間です」

「はい」

ビルに入る際、磨かれた自動ドアのガラスに自分と泰雅の姿が映る。

プルシアンブルーの紳士の横にシェルピンクの自分。

（なかなかお似合い）

そんな自己満足を、そっと胸に隠した。


あたたかみのある照明と白を基調にした店内。

コース料理をメインにした予約制のイタリアンレストランということで堅苦しさを感じそうなところ、テーブルに据えられた赤い椅子がポイントになっていて、どことなく楽しい気分にさせてくれる。

かと思えばテーブルに置かれたグラスキャンドルがロマンチックで、本当にデートみたいだと心が自惚れた。

真理亜が緊張しないようになのか、アペリティーヴォ《食前酒》のときからずっと泰雅が会話の主導権を取っている。彼ばかりが喋《しゃべ》りっぱなしではなくいいタイミングで真理亜にも話を振ってくれるので、飽きないし気まずい沈黙もなく、リラックスして食事を進めることができた。

ただ、リラックスしすぎるのも問題なのだ……。

「そういえば、先生はご実家にお住まいなんですか？」

「はい、実家におります。たくさんいるから毎日賑やかで……」

「たくさん？　ご家族が多いのですか？」

（し　まっ　た）

フォークを持つ手に力を込め、真理亜は己の失言を悔やむ。血の繋がった家族だけなら三人だが、違う意味での絆《きずな》家族がうじゃうじゃしている。

プリモ・ピアットはナスとトマトの冷製パスタ。口元を拭う素振りで言葉を濁す。

「は、はい、お花がたくさん……、それと珍獣がいっぱいで……」

「お花ですか。きっといたるところに飾られていて家の中が優美な雰囲気なのでしょうね。ペットを飼われているようですが、お花に悪戯をしたりはしないんですか？」

「……そんなことをしたらシバく」

「しば……？」

「しっ……しば……らく、そんなおイタをする子もいませんよ」

「そうなんですか。躾《しつけ》が行き届いているんですね。それなら、先生がお仕事中でも邪魔するようなことはないのでしょうね」

「そうですね。ときどき助けを求めて飛びこんでくる子はいますけど」

「たくさんいると喧嘩も多いんですか？」

「いえいえ、特にヤンチャなのが一人……一匹いて」

苦しい言い訳にホホホと笑えば、泰雅も普通に笑ってくれる。セーフセーフと真理亜の中で審判が手を横に振った。

泰雅の気遣いのおかげでリラックスできるのはいいのだが、リラックスしすぎて緊張がゆるむ。

……ボロが出かかること数回。

なんとかごまかせてはいるものの、気を引きしめろと何度自分に心の中で平手打ちを喰らわせたことか。

「あの……、失礼だったら申し訳ございません。社長は……どなたかと一緒にお住まいなのですか？」

さりげなく探りを入れたつもりだった。

考えてみれば、恋焦がれてはいるものの泰雅が本当に一人身なのかは聞いたことがない。左手の薬指に指輪がないので勝手に独身だと思いこんでいるが、指輪をしない男性だっているし、もしかしたら同棲《どうせい》している恋人がいるかもしれない。

けれど、決まった女性がいるのに他の女の子を気軽に食事へ誘うような人ではないだろう。同時に、こんなに素敵な人なのだから恋人の一人や二人、三人や四人といてもおかしくはないとも思ってしまう。

……おかしくはないけれど、いやだ。

「今は、一人暮らしです。数年前までは、先生のご実家のようにとても賑やかな場所で、大切な親兄弟……というか、たくさんの先輩や後輩たちと暮らしていました。あっ、みんな男です」

「そう……なんですか。たくさんの仲間の方と一緒だったんですね。お仕事で？」

「はい、今の仕事に就く前なので、シノギ仲間……あ……大変な仕事をしのぎ合ってきた仲間といいますか……」

今までずっと会話の主導権を取られていたので気づかなかったが、こちらから彼について質問すると言葉に困る様子が見られる。

もしかして泰雅も、真理亜と同じで緊張がゆるみ、気が抜けてしまいそうな自分を心の中で殴りつけながら話してくれているのだろうか。

大人で余裕たっぷりな彼でもそんなふうになってしまうんだ。そう思うと、泰雅を身近に感じてしまう。

真理亜は嬉しくなってクスリとはにかんだ。

「仲間と団結してする仕事って素敵です。信じ合う気持ちと絆は、尊いものですから」

泰雅が驚いたように目を見開く。おかしなことを言ってしまったのだろうか。大変な仕事をしのぎ合っていると言うから、つい千珠組のみんなを思いだして「信じ合う気持ち」とか「絆」とかの言葉を使ってしまったのはいけなかっただろうか。

不安になったのも束の間、驚いた顔が、ぱあっと破顔する。ドキリと心臓が停まってしまいそうなくらい、嬉しそうな笑顔だった。

「先生は……本当に素晴らしい……。なぜそうやって、俺の心に響く言葉ばかりを使ってくださるのか……」

「そんな、わたしなど……」

「いいえ、初めてお話しさせていただいたときから、あなたはその言葉で俺の心を揺さぶってばかりです。先生のように素晴らしい女性にお会いできたことを、神に感謝したい」

「そんな……」

すごい情熱が伝わってきて恥ずかしい。

けれど、嬉しい……。

なんだかわからないけれど、彼の心を動かす会話ができたのだ。

会話からは女性の存在をまったく感じなかった。特別な女性はいないと思ってもよさそうだ。

その後、セコンド・ピアットからコントルノへ続き、会話も切れることはなかった。先程の会話で思いきりがついたせいか、真理亜のほうから話を振ることもある。

食事も美味しいし会話も楽しいし、なにより泰雅と一緒にいることですっかり浮かれてしまい、本来の目的を忘れてしまっていた。

悩みを相談するはずがそれもできないまま、ドルチェとカッフェ、ディジェスティーヴォ《食後酒》まで進んでしまう。もしかして相談できないまま、お開きになってしまうのではないだろうか。

「うわあ、かわいいっ。すごくカラフル」

やはりコース料理の楽しみといえばデザートである。三つのグラスにフルーツやジェラート、ティラミスなどが少しずつ盛られカラフルに飾られている。

お腹は満たされているはずなのに、誘惑に負けてしまう。ドルチェを前に真理亜のテンションも跳ね上がった。

しかしこれは〝聖マリア〟らしくないかもしれない。

指先で口を押さえて泰雅に目を向けると、彼はディジェスティーヴォのグラスを揺らしながら微笑ましげに真理亜を見ている。

「あ、それ、食後酒、ですよね。ディジェスティーヴォって。コース料理の最後で、食後酒が出てくるのって初めてです。というか、イタリアンのちゃんとしたコースって初めてなんですけど」

「ドルチェを前にして楽しそうな先生、実にかわいらしい。やはり普通の女の子なんだって、ちょっとホッとします」

ごまかそうとしたのに無理だったようだ。

泰雅がグラスに口をつけたので、真理亜はドルチェ用のスプーンを手に取ってジェラートに挑んだ。

「料理の最中にもワインが出ていましたから、無理だったらディジェスティーヴォは手をつけなくても大丈夫です。グラッパという蒸留ワインですが、アルコール度数が高いので先生が倒れてしまわれたら大変だ」

「ありがとうございます。それなら、遠慮したほうがいいかも。酔いが回って粗相をしたら大変なので」

「先生になら、抱きつかれて吐かれたいです」

「な、なにをっ。スーツが駄目になってしまいます」

「先生のためならスーツの十着や二十着、平気ですよ」

アハハとちょっと無邪気に笑い、真理亜はジェラートを食べ進める。お酒に弱いわけではないが、泰雅はマリアに強いイメージは持っていないだろう。

初めて聞く名前のお酒なので興味はあるものの、ここは遠慮をするのが得策だ。

料理ごとに、それに合ったワインが提供されていた。泰雅は真理亜よりも飲んでいたはずだが……。

（お酒、強いんだな……。顔色まったく変わっていないし）

「それでも、興味があったらエスプレッソに少しだけ垂らして飲んでみてください。グラッパのブドウの香りがグッときて、エスプレッソもグラッパも両方楽しめる。先生なら、きっとまたかわいい顔で『美味しい』と言ってくれると思います」

興味があったことを見透かされてしまったかのよう。真理亜はスプーンをフォークに持ち替えてフルーツをつつく。

「社長は、すごいですね。いろんなことを知っていて、経験豊富で。……わたしが考えていることなんか、すべてお見通しみたい」

「先生よりは長く生きていますし、生きていくことの厳しさと、世の中の汚い部分くらいは先生より知っていると思います。けれど、それだけですよ」

「充分ですよ。多くの修羅場をくぐった人は、人情の機微に通じています。人生経験として誇らしいことです」

つい出てしまったが、修羅場という言葉は使わないほうがよかったかもしれない。せめて逆境、とか。堅気の人間ならこのあたりが適切だったのではないか。

気をつけているつもりなのに、素が出かかってしまう。普段〝聖マリア〟になりきっているときにはないことだ。

泰雅といると気持ちがゆるむ。特別な感情を持って接している人だからだろうか。甘えが出てしまうのかもしれない。

グラスを置いた泰雅が、片手をひたいにあてて長閑《のどか》な笑みを見せる。

「不思議です。先生と話をしていると、とても懐かしい気持ちになって心が安らぐ。今の自分も、昔の自分も、赦してもらえている気持ちになる。やはり貴女は、マリア様だ」

「そんな……、社長に癒やされているのはわたしのほうです」

「先生に、誇らしいと言われると自分の人生に自信が持てます。では、貴女が褒めてくれた俺に、貴女が思い悩んでいる事柄を話してもらうことはできますか?」

やっと、本題に入るタイミングが訪れたようだ。

もしかしたら、本題に入りにくくなっていることを悟ってくれたのだろうか。

真理亜はフォークを置き、居住まいを正す。両手を膝に置いて真っ直ぐに泰雅を見た。

「こんなことを、社長にご相談して、おかしな女だと思わないでくださいね」

「思うはずがありません。先生になら、たとえ世界を征服したいと言われても手を貸す所存です」

冗談だろうか、本気だろうか。ひとまず世界征服よりは大事ではないかもしれないので聞いてもらえるだろう。

「実はわたし、一ヶ月後に結婚するんです」

ガタンッ、と椅子が大きな音をたて、泰雅が立ち上がる。一瞬周囲の客の視線を浴びたが、すぐに「失敬」と詫《わ》びて静かに腰を下ろした。

客も驚いただろうが真理亜も驚いた。どうやら泰雅にとっては、世界征服がしたいと言われるより驚くことだったらしい。

「先生には……将来を約束する男がいたんですね」

眉を寄せる泰雅は、どこかつらそうだ。そんなに驚かせてしまって申し訳ない。真理亜は素直に口にする。

「いません。いたこともありません」

「ですが……結婚を……」

「今日いきなり言われたのです。とてもではないですがお断りのできない御方から、一ヶ月後に祝言……結婚式を挙げるからと」

「相手の男のことは……」

「存じません。会ったこともない方です。結婚式の日に会わせてもらえるそうですが」

泰雅は片手を口にあてて考えこんでしまった。困惑するのも無理はない。会ったこともない男と一ヶ月後に結婚させられるなんて、普通に考えて理解できることではない。

断れない相手からの紹介で決められる結婚。時代錯誤もはなはだしいと言われても無理はないのだ。

「……そういうの……流行ってるのか……？」

ポツリと呟く声が聞こえる。流行っていいものではないと思うし、今の時代に流行りようがない。

それでも、義理人情の世界では、誰かが「そうしよう」と言えば「そうなってしまう」ものなのだ。

「先生は……結婚してもいいと？」

「いやだとは言えません。わたしだけの問題ではないのです。拒否することが許されないというより、許されると思うこと自体が非常識なのです」

拒否はできない結婚。それを理解しているなら悩んだって仕方がない。悩んだって一ヶ月後には祝言だ。

いやでも結婚しなくてはならないと自分で理解しているのに、なにを悩むんだろうと泰雅は不思議に思うだろう。真理亜のことを、昔の古いしきたりに縛られた家の娘なのだと感じたに違いない。

家に従いたくない娘の我《わ》が儘《まま》。それで終わってしまうかもしれない。

「……理解しているのに、悩んでいる。先生の中に、簡単に納得したくない想いがあるということですか？」

声を抑えて尋ねてくる泰雅を、真理亜はすがるように見つめる。

真剣な彼の声は、答えを求めようとしてくれている。真理亜の言葉を聞こうとしてくれている。

(なんて……情が深い素敵な人なんだろう……)

胸が感動でいっぱいになった。

ひとつの想いが真理亜を我が儘にする。

──もし、この願いが叶《かな》うなら……。

思い残すことはない。

「わたし、好きな人がいるんです」

ガタガタンッ！　……先程よりも大きな音をたてて泰雅が立ち上がる。

「申し訳ございません、お客様……」

さすがに二度目なので店のスタッフが声をかけてくる。輪をかけて丁寧に謝罪をし、泰雅は椅子に腰を戻した。

「すみません、取り乱しました」

「いいえ。わたしこそ、すみません。こんな話をしてしまって」

「先生が謝ることはありません。差し出がましい質問ですが、先生の想い人は、そのことを知っているのですか？」

「いいえ、知りません。これから言うので」

「これから？」

口を開き、一拍置く。躊躇《ちゅうちょ》して出なくなる前に、真理亜はグッとまぶたを閉じ、思いきってその言葉を押し出した。

「わたし、天花寺社長が、好きなんです」

ガ……鳴りかけた椅子の音はすぐに抑えられる。こわごわまぶたを開き、さまよいかける視線を前に向けた。

泰雅の真剣な眼差しと視線が絡んで、喉が詰まるほど鼓動が跳び上がった。

彼は驚いただろう。いきなりこんなことを言われて驚かないはずがない。迷惑だっただろうか。相談にのるなんて言わなければよかったと思ってはいないだろうか。

「先生」

「は、はいっ」

漫画やドラマで幾度となく見た告白のシーンが頭に浮かぶ。「ごめんなさい」と頭を下げる泰雅と、呆然とする自分まで想像してしまった。

「それ、もらってもいいですか」

「え？　あ……」

彼が指差したのはディジェスティーヴォのグラス。お言葉に甘えて飲むつもりはなかったので、テーブルを滑らせグラスを差し出す。

泰雅は自分のグラスを一気にカラにすると、差し出されたグラスもひとあおりで飲み干してしまった。

アルコール度数が高いと言っていたが大丈夫なのだろうか。それとも、お酒を一気飲みしなければやっていられないと思うほど、この告白は不快だったのだろうか。

「先生」

「はい……」

泰雅が立ち上がる。今度は音もなく静かな動作だった。

「ドルチェの途中なのに申し訳ない。……出ましょう」

「はい……、わかりました」

彼のあとに続いて店を出る。会話も弾んで楽しかったのに、おかしな告白をして真理亜が台無しにしてしまった。

でも、言うならあのタイミングしかなかった。

これが原因で泰雅に避けられるようになるかもしれない。もしかしたら、仕事も解約されてしまうかもしれない。

（仕方がないか……）

それでも、自分の気持ちを伝えることはできた。

もしいやがられなければ、ひとつお願いをしたかったのだが。この我が儘は無理かもしれない。

無人のエレベーターに乗りこみ、並んで立つのも申し訳なくて数歩下がる。ドアが閉まったのと同時に泰雅が振り返り――強く、抱きしめられた。

（え……？）

「とても嬉しい言葉をいただきました。先生……いや、マリアさん」

抱きしめられていることも理解しきっていないのに、そのうえ下の名前で呼ばれてしまった。偽名も本当の名前と同じ音なので、本来の自分自身に呼びかけられているようで戸惑いがすごい。

「先程の告白は、貴女の本心だと思っていいのですね。貴女が惚れ……心を寄せている相手は、俺なのだと」

「はい……それは、そのとおりなので……」

「なんということだ……、嬉しさに頭がラリって……頭がどうにかなってしまいそうです。こんなにも鼓動が跳ねたことはない。伝わりますか？　貴女の言葉に舞い上がってみっともなく暴れる心臓が」

　さらに強く抱きしめられ、胸が密着する。一瞬片手を離した彼が自分の頭をパンッと叩いていたように思ったが、ドキドキと駆け足をする彼の鼓動が新鮮で、そこまで気にしている余裕がなかった。

「わかります……。でも、わたしの胸もドキドキしているので、これがわたしのものなのか社長のものなのか……。社長のなら、とても嬉しい。社長が、わたしにドキドキしてくださるなんて……」

「ああ、本当だ。マリアさんもとてもドキドキしている」

　彼の胸に押し潰される自分の胸のふくらみを感じて、違う意味でドキドキする。

　この柔らかいものを通して自分の鼓動を彼に感じられているのかと思うと、恥ずかしさが先に立った。

「迷惑ではありませんか……？」

「迷惑なはずがありません。ですが、マリアさんが悩んでいる原因が俺なら、喜んではいけないのに。すみません、やはり嬉しいです」

　泰雅は本気で喜んでくれている。これなら、もうひとつの我が儘を聞いてもらえるかもしれない。

真理亜はどこへ持っていったら適切なのか迷うまま宙に浮かせていた両手で、そっと泰雅のスーツを摑む。

「社長……ひとつ、お願いをしてもいいですか……」

「なんですか？　なんでも言ってください」

泰雅が真理亜を見つめる。彼の顔は本当に嬉しそうで、眼差しは愛しい者に向けられる双眸《そうぼう》そのもの。

胸がきゅんっと締めつけられる。少なくとも彼に嫌われてはいない。今真理亜がこの望みを言えば、彼はきっと叶えてくれるだろう。

「……結婚、するときまででいいんです……」

一ヶ月間、それだけでいいから……。

「今夜だけでもいいから……」

ほんのひとときでも、この気持ちを本物にしたい。

「わたしを、社長の……」

――――貴方の、ものにして。

あと一息だった。泰雅だってその言葉を待っていてくれたように感じたのに。無情にもエレベーターのドアが開き、二人の身体は自然に離れてしまった。

エレベーター待ちをしていた人は数人。今までこの箱の中で起こっていたことなんて知っているはずはないのに、なぜか気まずさを覚える。

「おいで」

右手を取られ、手を引かれてエレベーターを降りる。大きな手にしっかりと掴まれた自分の手。

ここへ来る前に公園で見た恋人たちを思いだして、好きな人と手を繋いでいるのだという想いが胸を感動でいっぱいにした。

エントランスを抜け、ビルの外へ出る。外はすっかり暗くなっている時刻だが、ビルや街灯、施設内のイルミネーションなどがまぶしく煌《きら》めいている。

泰雅に手を引かれたままゆっくりと歩く。照れくささはあるが、この時刻になるとすれ違う人も恋人同士が多いのか、寄り添っている男女が多い。

自分たちも恋人同士に見えるだろうか。一人そんなことを考えて、いけない妄想をしてしまったかのよう。ささやかな罪悪感に囚われる。

「俺たちも、恋人同士に見えるかな」

「えっ⁉」

心の中を見透かされたのかと思った。泰雅が立ち止まり、必然的に真理亜も足を止める。

手が離れ、彼と向かい合った。

「今夜だけなんて、いやだ」

「社長……?」

「一ヶ月間……、恋人に、俺のものになってくれますか?」

「あ……」

エレベーターの中で言いきれなかった言葉と想いを、泰雅はしっかりと汲《く》み取ってくれている。

真理亜は戸惑いつつも、高鳴りすぎて言葉の邪魔をしそうな鼓動を抑えるため、胸元で服を握り手を押しつけた。

「いいのですか……?　わたしの、我が儘におつきあいいただいて……」

「我が儘などではありませんよ」

おとがいに彼の手がかかる。優しく仰がされると、どれだけ見つめても足りない大好きな顔が近づいた。

「望むところです」

唇に彼のそれが重なって、不覚にもビクッと身体が震えてしまった。

脚が硬直する。胸に押しつけている手に感じる鼓動がどんどん大きくなって、このまま爆発してしまったらどうしようと、ありえない不安に囚われた。

　あたたかな唇が離れると、やっと自分が呼吸をできていなかったと気づかされる。口で数回呼吸をして胸のドキドキが少し収まったのに、おとがいにかかった手の親指が唇をなぞり、またドキドキが強くなった。

「中に入るまで我慢できなかった。すまない」

「いいえ……大丈夫で……」

「行こう」

　顔から離れた泰雅の手は真理亜の肩を抱き、ゆっくりと歩を進める。どうやら目の前にある建物に入ろうとしていたらしい。

　それは、施設敷地内に建つ、外資系高級ホテルだった。


　言いたかったことを汲み取られすぎていて、かえって恥ずかしくなってくる。

　けれど察してくれるのは助かるし、ありがたい。そうじゃなければ「今夜だけでもいいから抱いてくれ」と、自分の口から言わなくてはならなかった。

　泰雅が取ったのは、最上階のスイートルームだった。

兄弟分の組と旅行したときなど、奥さんやお姉さんたちと続き部屋がある広い部屋に泊まったりはする。

しかしもちろん男性と二人きりなんて初めてだし、それも室内がとても豪華だ。

大きなソファセットは座る場所がありすぎて、二人で使うにはもったいないくらい。確認できるだけでも大きな窓が三箇所にあり、各方向の夜景が見られる。

ダイニングスペースに置かれたテーブルも大きい。椅子が八脚あるところを見ると、もしやここはファミリー向けの部屋なのだろうか。

ソファにちょんっと座り、ついきょろきょろと室内を見回してしまった。目の前にグラスが差し出され、やっと視線が落ち着く。

「どうしたの、そんなにキョロキョロして」

泰雅だった。ホテルに入る直前くらいから口調が砕けたというか親しげになっていて、関係が変わっていく雰囲気にドキドキする。

真理亜がグラスを受け取ると、泰雅は隣に腰を下ろして自分のグラスを掲げる。

「ミネラルウォーター。シャンパンとかビールもあったけど、今は水のほうがいいかなと思って」

「はい、こっちのほうがいいです。緊張しているから、悪酔いして本当に粗相をしそう」

「でもこうなってしまうと、酔い潰してわけわからなくしてやりたいとも思うな」

「こ、怖いこと言わないでくださいっ」

真理亜はグラスに口をつけながら、視線だけを室内に這わせる。

「でも本当に広いお部屋ですね。ダイニングテーブルの椅子もたくさんあるし、ソファは大きいし、ファミリー用ですか？」

「いいや、特にそうではないかな。普通に一人から三人までが定員の部屋だ。ただ、ミニパーティーができる仕様になっているらしくて、それで椅子が多かったりソファが大きかったりしているんだろう」

「そうなんですか。広くて立派で、いいお部屋ですよね。……こんなに広かったら、うちの若い子たちが鬼ごっこ始めそう」

若衆が調子にのって室内を走り回りソファで跳ねて……なぜか紫桜まで一緒になって跳ねて……、真理亜に怒られるところまで想像できる。あまりにも現実味があってふふっと笑ってしまった。

……いや、ここはそんな妄想をして笑っていい場面ではない。なんのことかわからない泰雅に不審がられてしまう。

目を向けると、泰雅は真理亜を見て微笑んでいる。

「ペット、まだ小さいの？」

「は、はい、小さいっていうか、とにかく元気でっ」

心の中で自分に平手打ち、再び。

「でも、こんな立派なお部屋。驚いてしまいました」

「せっかくマリアさんが俺のものになってくれるのに、お粗末な部屋は取れないよ」

「あ……」

カアッと頬があたたかくなった。ここに来た本来の目的を泰雅の口から聞かされると、自分で思っているのよりも照れくさくなってしまう。

泰雅が真理亜の手からグラスを取り、自分のものと一緒にソファ前の丸テーブルに置く。彼女の肩を抱き寄せ、視線を絡めながらゆっくり唇を近づけた。

こういうときには目を閉じるものなのだろう。真理亜がまぶたを閉じると唇が重なる。肩にあった手が後頭部を押さえ、グッと深く唇が吸いついてくる。

「……んっ」

油断していた。ホテルの前でされたような優しいものかと思っていたのに。これはまったく違うものだ。

強く吸いつかれ擦られる唇。柔らかくてあたたかな彼のそれが、触れ合う心地よさを真理亜に教えてくる。

苦しいくらい力強いのに、頭がほわっとしてくるのはなぜなのだろう。

「……マリアさん、息、止まってる」

「あ……」

また息をするのを忘れていた。心地よさに負けてつい息を止めてしまう。

「キスをしながら、普通に鼻で息をすればいいだけ。なにも難しくない」

「は、はい……」

「キスもしたことがないんだな。仕込み甲斐《がい》があって……お、教え甲斐があって楽しみだ」

「あのっ、社長っ」

耐えられなくなって、真理亜は顎を引いて彼の唇から逃げる。唇と唇がくっつかないギリギリのところで声を出すので、そのたびに唇の表面がサラリと擦られ、その感触が堪らなくゾクゾクするのだ。

「そこで、お話ししないで……」

「どうして？」

「唇……さわられると、くすぐったくて……震えてしまうから……」

「くすぐったい……？」

不思議そうに言ってから、泰雅が唇同士をちょんっと触れさせる。ちょんちょんちょんっとつつかれ、食《は》むようについばまれ、まるで鳥の餌にでもなった気分だ。

連続して触れていたものが、ふと間を置く。どうしたのかとまぶたを開くと、泰雅の双眸と視線が合って目を見開いた。

「ぁっ……」

しかしすぐに眉が寄り視界が細くなる。触れてくるものがなくなって寂しいと、唇がわなわなと震えた。

「どうした？」

「唇……痺れて……」

すぐに泰雅の唇が触れる。つつき、ついばみ、きゅうっと吸いつき、真理亜の唇が悦ぶ。

「ンッ……」

喉で発したうめきが、妙に甘えたトーンだった。吸いつくキスをされ、放される。じわじわっと唇の表面が痺れて頭に熱が広がった。

「あ……ン……」

吐く息が熱い。ドキドキと脈打つ鼓動が喉にまで響いてきた。

「イイ顔をするな」

腰を抱かれ、頬を撫でられる。いつの間にか力が抜けていたらしい。泰雅の胸に身体を預けていた。

唇をペロっと舐《な》められ「ひぁっ」と意味不明の声が出る。それさえも鼻にかかる甘えたトーンだった。

「キスくらいでこんなになって。豪い上物だ」

「しゃ……ちょぉ……」

「かなり敏感なんだな。おそらくキスだけでイける」

身体がふわっと浮き上がる。泰雅にお姫様抱っこで抱き上げられたのだと理解したときには、すでにベッドルームへ移動していた。

「こんなイイ反応ばかり見せられたら、いつまでもキスだけで我慢はできないな」

大きなベッドの中央に身体を下ろされる。真理亜の左右に手を置いた泰雅が、艶のある眼差しで彼女を見つめた。

「マリア」

ピクンっと腰が跳ねる。下の名前どころか呼び捨てにされてしまった。

好きな人に呼び捨てにされる、その破壊力たるや……すごい。

血流が速くなって体温が上がって、愛しさがサーフボードに乗って大波と一緒にやってくるようだ。

そんな大波に呑みこまれたなら「もうどうにでもして！」と抱きついてしまいたくなる。

（駄目っ！　そんなマリアらしくないことできないっ）

マリアはそんなことはしない。

名前を呼ばれること自体を恥ずかしがる。それがきっと、泰雅の中で作り上げられているマリアだ。

「しゃ、社長……そんなに、見ないでください……」

両手のひらを顔の前にかざし、真理亜はわずかに横に視線を流す。純情ぶったわけではない。泰雅の眼差しが強烈すぎて、胸の奥がムズムズして堪らないのだ。

「どうして?」

「だって……恥ずかしい」

「それならよけいに、見たい」

手を片方ずつ外され、顔の横で押さえられる。戸惑いを溜めた顔で彼を見上げると、ちょっとずるい声が降ってくる。

「恥ずかしがってるマリア、最高にかわいい。でも、これくらいで恥ずかしがっちゃ駄目だ。俺は、マリアがもっともっと恥ずかしがるところも、全部見るから」

「ひぁ……」

「俺に、マリアを全部見せて」

腕から手を離し、泰雅はゆっくりと身体を起こす。膝立ちで真理亜を見つめながら自分のスーツを脱いでいった。

スーツの上着、ネクタイ、ウエストコートを脱いでワイシャツのボタンを少し外したところで、今度は真理亜のワンピースを脱がせにかかる。

前ボタンを外し、ウエストのリボンを解いて、ワンピースが脚のほうから抜かれていった。

気のせいだろうか、泰雅がじっくりと楽しみながら脱がせている。よけいに照れくさいような。もどかしいような。

素早く脱がせてくれたら、戸惑いも一瞬で終わる気がするのに。

大きな手がブラジャーの上から胸の形をなぞっていく。直接触れられたわけじゃないのに、ふくらみ全体に撫でられた感触が走った。

「ブラジャーかわいいな。派手じゃないのにマリアが着けているんだと思うとずいぶんと刺激的だ。もしかして、意識して着けてきた？」

「……少し。……ごめんなさい、なんだか、おかしなことを考えていたみたいで……」

恥じらうと、ふくらみの上にある手がピクッと動く。かわいいブラにしてよかった。エライぞ、わたし。と心で自分を褒める。

ワンピースと似た色合いの桜色。ダブルストラップとブラジャーのカップを縁取るレース。見るだけならかわいらしいだけなのに、ハーフカップであるゆえか、上胸のふくらみが大きく強調されて、甘さに特化しないこだわりを見せてくれる。

「いいや。そうやって決心していてくれたんだと思うとヤル気が漲《みなぎ》る。脱がせるのがもったいないな。せっかく俺に見せるために着けてきてくれたのに」

「見せるため……っていうか……」

「違う?」

「社長と会うときは……かわいくしていたいと思って……」

泰雅の前では、かわいい自分でいたい。

根性の据わった気風のいい極道の娘ではなく、ひかえめでおとなしい、かわいい女の子でいたい。

それがきっと、彼が好きな女の子のタイプだから……。

「こんなもの着けていなくたって、マリアはかわいい」

驚くほどすんなりとストッキングごとショーツを取られてしまう。いきなり下を脱がされてしまうとは思わず、戸惑っているうちにブラジャーも取られた。

「ほら、やっぱりかわいい。いや、綺麗だ」

全裸にされて羞恥のゲージが一気に上がるものの、手で胸を隠そうとか、身体をひねって彼の視線から逃れようとか、恥ずかしいです、を表す行動に出られない。

泰雅が真剣な顔で真理亜の身体を見ているから、動くことができない。動いてはいけない、そんな気がした。

この人の視線には、とんでもない力強さがある。意志の強い目をした人だとは思っていたが、人を逆らわせない目力というか……組のトップに立つ人間、父や九重頭に通ずるものがどこかある気がする。

（一企業の社長だから？　それとももっとなにか……）

深みにはまりかけた真理亜の思考は、それ以上進めなかった。泰雅が真理亜のボディラインを両手でなぞり、へその上にキスをしたのだ。

「本当に綺麗だ……予想以上で、驚いた」

「社……ちょ……ぉっ、アン……」

へそのくぼみで息を吹かれ、腹部で唇が這う。彼の両手は何度もボディラインを撫でさすり、浮いた腰に潜りこんではお尻の円みを探った。

「ぁ、アッ……ンッ……」

「手触りもいい。困ったな、ずっと独り占めしたい」

尻肉をぐにっと摑まれ、刺激で下半身が跳ねる。そのせいで力が入らない両脚の膝を立てて大きく開かされた。

「あっ……」

いきなりこんな大開脚、戸惑わないはずがない。しかし言葉を発する間も与えられないまま、泰雅が秘部にキスをした。

「やっ、あっ、ぁ！」

まるで唇にしたときのよう、ちょんちょんっとつつかれ、食むようについばまれ、くすぐったいやらむず痒《がゆ》いやら、自分でも判断できない刺激でいっぱいだ。

それでもわかるのは、いやな刺激ではないということと、泰雅にされているのだと思ったら、腰の奥からどんどん熱が上がってくるということ。

「あっあ、しゃちょ……ウンン……」

「キスでたくさん感じたんだな。早めに脱がせてよかった。濡《ぬ》れやすいみたいだし、たっぷりマリアを味わっておこう」

ぬらりとした厚ぼったいものが秘裂に撫でつけられ、ついばまれるのとは違う刺激に背中が反った。

「あぁぁぁあっ……！」

それが泰雅の舌だとわかったのは、ぴちゃぴちゃと水分を舐め取る音が聞こえてきたからだ。

縦横無尽に動き回る舌が、秘部を隅から隅まで舐めなぞっていく。いつまでも終わらないどころか大きくなっていく水音は、なにが原因なのか見当がつくだけに、真理亜は謎の羞恥でお腹の奥が沸騰しそうだ。

「ハア、あっ、お腹……熱……ぁっ……！」

「んっ。熱いのでいっぱいだ。マリアの汁は美味いな」

「あああっ……！　ぁぁンッ！」

じゅるじゅるじゅるっと愛液をすすられ、なかなかに派手な音に官能が煽《あお》られる。疼きでいっぱいになった腰が休むことなく左右に動き、大きく開かされた脚が自らさらに幅を広げて、足の裏でシーツを擦った。

「社……長っ、お腹、溶け……あぁああっ！」

「マリア、社長はやめろや。名前で呼べ。そうしたら、もっとイイことシてやる」

興奮しているせいなのか、泰雅の口調がいつもと違う気がする。しかしそれを気にする余裕もなく、身体が沸騰しそうなほどの快感に身を任せた。

もうすでに身体がどうにかなってしまいそうなのに、もっとイイこと、とはなんだろう。

彼を名前で呼べば、それをしてもらえるらしい。

「たい……が、さ……ァンッ」

お安い御用だ。むしろ、呼びたい。呼んでみたい。

好きな人を下の名前で親しげに呼べるなんて、なんて嬉しくて特別感のあることなんだろう。

きっと幸せで堪らない。一度口から出したら、何度でも呼びたくなってしまうだろう。

「泰雅……さん」

ドキリと鼓動が高鳴った。ただでさえ駆け足気味なのに、これ以上ドキドキしたら息が止まってしまう。

「泰雅さん……イイこと、って、ぁあん……なに？」

「マリアは素直でかわいいな。イイこともたくさんシてやりたくなる。腹が熱いんだろう？　——すぐ、イかせてやるから」

「ひあっ⁉」

蜜園に喰いついた泰雅が大きく舌を動かし、集中して上のほうを舐めたくる。その部分

に性感の塊のような器官があることは知っているが、このどうしようもなく扇情的な感覚はそれのせいなのだろうか。

「ああっ、泰雅さっ……！」

強い刺激がせり上がってきて、お腹で熱と混ざる。ずっと我慢していたものを放出するような解放感に襲われ、こらえる力も出ないまま呑みこまれた。

「やぁァン……ダメェ——！」

顔の横で枕を掴み、背中が浮き腹部が波打つ。脚の付け根がピクピクして、自然と力が入ったり弱くなったりを繰り返す。

「あ……ぁぁ……」

この強弱を繰り返していると、また花芯に熱が溜まってくる。その心地好さに負けて意識的に動かしてしまった。

「イイ声だ。でも、足りねえだろう？」

泰雅が顔を離した気配がする。強弱を繰り返す部分がふさがれる刺激が走り、まさかもう挿入されてしまったのかと顔を向けると、身体を起こした泰雅が秘部に手を添えマリアを眺めてニヤッと嗤《わら》う。

蜜口をふさいだのは彼の指。ぐにゅっとねじこまれてきたそれが、とある一点で止まりその部分をえぐるようにぐりっと押した。

一瞬にして電流が流れ、背中が弧を描き、開いたままの脚が震えてつま先が立つ。

「ひゃっ……！　あああぁっ――――！」

声が裏返り、はばかりなく叫んでしまった。頭がぼんやりして、これがいいことなのか悪いことなのか判断がつかない。

つま先が落ちると、脱力した脚がシーツを滑る。せっかくだから閉じればいいのに、大きく開いた脚を動かす力が出ない。

「イキ顔も極上。最高だ、マリア」

真理亜を甘電させた指を丹念に舐め、泰雅が顔を近づける。いつもより猛々しい雰囲気が伝わってきて、あの大人で紳士な彼がこんなにも興奮してくれるなんてと鼓動は速くなるばかりだ。

彼の野生の部分が騒ぐくらい昂《たか》ぶってくれているんだと思ってもいいだろうか。そんなふうにさせているのは、他ならぬ真理亜なのだと……。

「たいが、さ……」

――――嬉しい。

「初イキで二連続はキツかったか？　でもマリアが物足りなさそうに腰振ってるから悪い

んだぞ？」

恥ずかしいことを言われてしまった。でも、泰雅に言われるなら、全然いやじゃない。

枕から手を離し、真理亜は泰雅に腕を伸ばそうとする。どうやら自分は絶頂というものを体験させられたらしいが、その余韻というか余波というか、ふわふわとしたものが体内を揺蕩《たゆた》っていて、上手く力が出ない。

抱きつきたいのかと察し、泰雅が身を寄せてくれる。彼の肩に腕を回して、真理亜はそっと囁《ささや》いた。

「キツくない……。ふわふわして……気持ちいいの……」

「……ほんっと、ヤバイ女だな」

嬉々として呟き、泰雅が首筋に唇を這わせてくる。両手で胸のふくらみを鷲《わし》摑みにし、じっくりとこね回した。

「アンッ……ん、泰雅……さぁン……」

「ああ、もう、ホントに、ぐっちゃぐちゃにしてやりたい。監禁して俺のことしか考えられなくなるまでヤっていたい」

「いいですよ……たいがさんなら……」

「また、そういうことをっ」

「あぁあんっ……！」

片方のふくらみを揉《も》み上げ、その頂に泰雅が吸いつく。食むように口を動かし口腔《こうこう》内で舌を回した。

「ハァあン……、あっ、あ、そこぉ……」

じゅっじゅっ、と音をたてて吸われると、まるで胸に溜まった熱を吸い取られているかのよう。吸われて舌先でつつかれて、頂の突起が感度を増していく。

反対側の頂も突起をつままれ根元からこねられる。胸をじっくりさわられるのは初めてのせいか、こんなに気持ちいいのはおかしいのではないかと不安になるくらいだった。

「あっァン、胸……ンッ、やぁ、あっ……」

「気持ちいいか、マリア？」

「んっ、んっ」

真理亜は息を詰めてこくこくとうなずく。ハハハと楽しげに笑った泰雅が真理亜の両胸を押し上げ、ふるふると揺らした。

「すっごく気持ちよさそうだ。乳首が勃ってるのわかるか？　大きくなって、俺にもっといじってって言ってる」

そこを強調するように押し寄せられた胸のふくらみは、頭頂を赤くぷっくりと膨らませている。自分の胸くらいは見たことがあるものの、こんなに色を濃くして大きくなっているのを見るのは初めてだ。

「泰雅さんになら……いっぱいいじってほしい……と思う……」

思うままに出てしまった言葉は、泰雅のなにかを煽ったようだ。掴み上げたふくらみを中央に寄せ、発熱したふたつの果実を真理亜に見せつけるように舐め回した。

「ああっ、あっ、泰雅、さんっンッ……」

唾液で濡らされ、赤みが増す。突起が熱いのか彼の舌が熱いのか、舐《ねぶ》られ吸いたてられ、そのたびに焼け落ちてしまいそうな刺激で胸がいっぱいになった。

「ああっ、ダメ、ダメェ……焼けちゃう……ンッ、胸、熱いからぁ……あぁぁンッ」

両方を同時に唇で食まれる。ビリビリっとした刺激とともに熱が弾けた。

「あああンッ……！　ダメエ、ぁン――！」

胸を突き出すように背中が浮き、達した瞬間にやっと動いた両脚がシーツの海を泳いだ。

「たいが……さん……」

上がる息に胸を上下させる真理亜にチュッとキスをして、泰雅がベッドから下りる。脱ぎ捨ててあったスーツの上着からなにかを取ると、おもむろにトラウザーズを脱ぎはじめた。

ベッドルームには、ベッドの左右に置かれたシェードランプのあたたかな灯りがあふれている。それに照らされた彼の背中はとても広くて頼もしい。

ずっと着たままだったシャツも脱ぐのだろうと見ていると、泰雅が小さな包みをつまんで見せてくれた。

「ちゃんと着けるから。心配しないように」

「え……？」

「着けなくていいの？」

「あ……ぇと」

答えを求められているようなので、ぼんやりしている場合ではない。今の状況と、持っているものの形状を見て、おそらく避妊具だと見当をつける。

「着けて……いただけると嬉しいですが……。でも……」

「ん？」

「もし、泰雅さんが、これは嫌いだから着けたくないとおっしゃるのでしたら……」

「そういう危険な発言はしなーいっ」

真理亜の言葉をさえぎり、泰雅は笑いながら背を向けた状態で避妊具を自分に施す。すぐにベッドへ戻り、枕をひとつ取って真理亜の腰の下に入れた。

なんの意味があるのかはわからないが、腰が上がってちょっとおかしな気分だ。膝を立てて脚を開いているぶん泰雅から容易く秘部が丸見えになる。

(また恥ずかしがらせようとしてるのかな)

刺激的すぎる。これから、もっとも刺激的なものを受け入れるのに。

やっぱり、破瓜《はか》の痛みというものはすごく痛いのだろうか。彫刻刀で指をぐっさり刺した学生時代、声ひとつたてず黙って止血して黙って絆創膏《ばんそうこう》を巻いた経験を持つ真理亜でも、初体験の痛みは不安だ。

しかし、「痛い痛い」と処女が騒ぐと男性は萎えてしまうものだとも聞く。面倒くさくなって丁寧さがなくなるという話も聞いた。

……すべて組の男連中が話しているのを、知らん顔して聞いていただけだが……。

真理亜の気持ちを汲み取って、一ヶ月間だけ彼のものになることを許してくれた泰雅。ハジメテの真理亜をこんなに褒めて抱いてくれているのに、肝心なところでガッカリさせたくない。

痛いとかやめてとか、絶対に言わないようにしよう。彼がしたいように抱いてもらおう。

気持ちを新たに、真理亜は泰雅に顔を向ける。ふと、この段階になっても彼がワイシャツを脱いでいないことが気になったが、脚のあいだにあたたかな塊を感じた瞬間、そんなことよりこの先の展開に思考を持っていかれた。

「挿《い》れるぞ、マリア」

「は、はい」

「かなり濡れてくれたから、いい感じに柔らかくなってるとは思うけど、痛くて我慢できなかったら大声で叫んでいいから」

「大丈夫です」

クスッと笑われてしまった。強がっていると思われたのかもしれない。

「んっ……」

熱い塊が押しつけられたかと思うと、ぐにっと膣口《ちつこう》が広がり彼の切っ先を呑みこむ。お腹をググッと押されるような圧迫感と、許容量以上の大きさを呑みこんだ膣口が大きく軋《きし》んだ。

グッとまぶたを閉じ奥歯を嚙《か》みしめる。一瞬痛みを察知した腰が逃げようとするが、腰の下に枕を置いて高さを確保されているせいか逃げることは叶わず、予定どおり泰雅を迎え入れることができた。

「あ……ハァ……」

下半身に力が入っている。泰雅が太腿《ふともも》をさすってくれているのが気持ちよくて、口で息をしながら少しずつ力を抜いた。

「イイ子だ。助かる」

彼のホッとした声を聞くと真理亜も嬉しい。力を抜いたのは間違いではなかったようだ。

こうしていると、思ったよりは痛みを感じない。身を裂かれるような痛みを想像していたからかもしれないが、我慢できないほどではない気がした。

「もう少し、入るぞ」

「はい……」

泰雅が動くと、少し膣口が引き攣《つ》れて痛みを感じる。その小さな幅に合わないものを受け入れるのだから、まったく痛くないはずはない。けれど、痛いとは思いたくなかった。

こんなの、たいしたことはない。

これよりも、組員を助けるために抗争で身体を張ったときの父のほうが痛かっただろうし、団体のトップの業か、刺されたり撃たれたりの経験を持つ九重頭のほうが痛い思いをたくさんしている。

三十をすぎてもヤンチャな暴れん坊な兄だって、舎弟を守るために何度身体を張って怪我をしたか。

敵じゃない。好きな人に与えられる痛み。

こんな幸せな痛みはない。

「泰雅……さん……」

「どうした？　我慢できないか？」

「もっと……入って……」

真理亜はしっかりと泰雅を見つめ、両手を自分の内腿にあてる。入口を開くように自分で押さえた。

「思いきり……挿れていいから……」

「無理をするな。マリアの身体は飲み込みがいいから、少しずつ慣らせば……」

「泰雅さんに……、思いきり抱いてほしいの……」

「マリア……」

「泰雅さんになら、なにをされてもいい……」

泰雅が眉を上げる。真理亜がここまで言うとは思わなかったのかもしれない。

または、彼が思うマリアは、こんなことは言わないのかもしれないけれど……。

――けれど、これは真理亜の本心だ。

好きになった人にハジメテを捧《ささ》げた経験を、後悔も思い残すこともない最高の思い出にしたいから。

真理亜はクッと奥歯を嚙みしめてから、中途半端に引っかかる異物感を振り切るように声を大きくした。

「女がヤれって言ってるんだから、恥かかせないでっ。挿れて、いっぱい泰雅さんを感じさせて！」

「最高だな、マリア！」

振り切ったのは、真理亜だけではなかったのかもしれない。泰雅が嬉々として一気に腰を沈めたのだ。

「ハァ、ああっ――――！」

未開の秘溝をためらいもなく圧し拓いた鏃《やじり》が、内奥で秘壁をえぐる。全身が甘電するような刺激的すぎる愉悦に、大きな火花が目の前で弾け脳内を掻き乱した。

「あぁっ……あぁぁ……」

声どころか全身がガクガクと震えた。それでも自分で広げた脚は閉じないよう、指が内腿に喰いこむ。

真理亜を突き挿したところで止まり、泰雅は大きく息を吐く。真理亜を見つめ、内腿を押さえる彼女の手を撫でた。

「入ったぞ、全部、マリアに呑みこまれて、夢心地だ。このまま昇天するかもしれない」

それは困る。彼には一ヶ月間、たくさん思い出をもらおうと思っているのに。

冗談なのはわかっているが、真理亜はちょっと拗《す》ねた顔をする。そんな顔、家族にだってしたことはないのに。

「駄目です」

「わかってる」

軽く覆いかぶさってきた泰雅がチュッとキスをくれる。彼が身体を倒したせいで挿入がまた深くなったのか、腰が抜けそうなくらい痺れた。

「こんな根性のある女、残して昇天したら、追っかけてきて『勝手にイクな』って怒られそうだ」

「追いかけますよ？」

「がっつりツっこまれて〝勝手にイった〟のはマリアだけど」

もう一度唇にキスをして、ひたい同士がこつんとくっつく。その状態で泰雅に瞳の中を覗かれ、彼の双眸に引きこまれそうになった。

「マリアの身体、ヨすぎる」

「泰雅さん……」

彼が大きく腰を引く。体内から大きな蛇が抜け出ていくような錯覚を起こし、真理亜はる。

彼の怒張は完全には抜けず、入口のあたりで右に左に遊んでからまた一気に挿しこまれる。

「ひゃっ！」と身をすくめた。

「ひゃぁぁぁアンッ……！」

何度も同じ動きをされると、挿入されるときのほうが愉悦が大きいような気がしてくる。それでも〝抜くよ？〟と脅されているような引きも堪らない。

いつの間にか、どちらをされても腰をくねらせていた。動きの大きなストロークで隧道《ずいどう》をぐちゃりぐちゃりと擦られるたび、自分の身体がおかしくなってしまいそう。

「ぅンッ、ン……泰雅さぁ……ん、ハァ、あっきもちぃ……」

「処女だったくせに。優秀すぎるぞ、マリア。気持ちいいか？」

「んっ、んっ、……はぃ、あぁんっ」

必死に首を縦に振り、意思表示をする。伝わっているだろうかと不安になるも、泰雅が嬉しそうに出し挿れのスピードを速めたので、安心して真理亜も彼の行為に集中した。

「ぁん、ん、ごめんな、さい……こんな、感じて……ぅうん、んっンッ」

泰雅が口にしてしまう気持ちもわかるのだ。真理亜は間違いなく処女だった。もちろん身体をさわられた経験なんてないし、キスも初めてだったのに。

挿入されて痛いと泣き喚くわけでもなく、泰雅の愛撫にどこまでも感じてびちゃびちゃになって……。

ハジメテなのに、隘路《あいろ》から伝わってくる愉悦に酔っている。

「でも、あぁンッ、きもちぃぃの……ごめ、なさぃ……あっ、あっ、そこ……」

身体を起こし真理亜の両脚を肩に預けると、泰雅はすくい上げるように腰を使う。へその裏がゴリゴリと擦られ、慣れない快感に翻弄された。

「謝らなくていい。別に悪いことじゃない。あんなに楚々としたお嬢さんが、こんなに乱れるイイ女だった、ってだけだ」

「泰雅……さんっ、あっ、あ」

自分を認めてもらえるのが嬉しい。いやらしいと揶揄《やゆ》するわけでもなく、イイ女だと言ってくれる。

素直に感じていていいんだと思うと、全身の感度が上がる。繋がった部分から急激に熱が回りだした。

「あぁっ、あっ……また……、また、わたし……」

これはきっと、達する前兆だ。

何度かイかされたおかげでわかるようになってきた。真理亜は内腿からやっと手を離し、泰雅に向けて両腕を開いた。

「泰雅さん……ハァ、アッ、ぎゅって……して……お願……ぃ、あぁっ！」

抱きとめていてほしかった。達したあとの意識が抜けてしまいそうな余韻に負けないためにも。彼の腕で、彼に繋ぎとめておいてもらいたかったのだ。

真理亜の脚を下ろし、泰雅は真理亜に覆いかぶさり両腕で抱きしめる。彼女のかわいすぎるお願いに滾《たぎ》ったのか、単に彼も限界だったのか、激しく腰を振りたてた。

「あぁあっ……！　泰雅さっ……イっちゃ……あアゥンッ、ダメ、ダメェ————！」

「マリアっ……！」

泰雅に強く抱きつき、両膝で彼の腰を締めて、真理亜は今までで一番大きな絶頂の波を迎える。波飛沫《なみしぶき》のように全身を覆い尽くす愉悦。

背中がしなり、嬌声《きょうせい》がいつまでも甘く音を引く。

泰雅も一緒に達したのだろう。まるで全力疾走をしたあとのように徐々に腰の動きを弱くし、真理亜の中に収まったまま重なり合った。

「マリア……」

泰雅がひたいにキスを落とし、まぶた、こめかみ、頬、鼻、そして唇へ移動する。

お互い荒い息を吐きながら唇を合わせ、舌を絡めて相手の熱を感じ合った。

「マリアは……不思議な女だな……」

また真理亜の顔中に唇を這わせ、泰雅は感慨深く呟く。

「純真可憐な女かと思えば、一気に挿れろとか、根性のあることを言う。少しも痛がらないし、度胸もあって驚きだ」

抱かれている最中は、とにかく夢中だったし泰雅に嫌われたくない想いが強かった。

許された一ヶ月間、いつでも彼と最高の時間をすごしたいから……。

しかし、本来の自分が持っている度胸を見せすぎただろうか。泰雅が想っているマリアは、あそこまではしないのかも……かもではなく、しないだろう。

「嫌わないでくださいね……」

真理亜は不安げに呟いて泰雅にしがみつく。

結局最後まで、彼はシャツを脱がなかった。背中の布をグッと摑むと、汗でしっとりとした感触が伝わってくる。

前髪を搔き上げるように頭を撫でられる。真理亜を見つめ、泰雅は嬉しそうに微笑んだ。

「嫌うわけがない。最高の、俺の恋人だ」

「泰雅さん……」

嬉しくて胸がジンッとする。真理亜ははにかんで泰雅の頰に手をあてた。

「泰雅さんだって……。落ち着きのある大人の紳士かと思えば、……抱いてくれている最中はなんだか妙に迫力があって……驚いちゃいます」

「ものすごく興奮したからかな。怖かったか？」

「まさか。かっこよくて、かっこよすぎて、どうしようかと思いました。本当に、泰雅さんにならぐっちゃぐちゃにされても監禁されてもいいです」

「またそういう嬉しすぎることを言うんだ、マリアはっ」

泰雅にぎゅうっと抱きしめられ、二人でアハハと声を出して笑う。そんななか、泰雅がおそるおそる切り出した。

「マリア……もし、大丈夫だったら……」

「はい？」

「もう一回、シてもいいか？」

「は？」

「いや、コイツが……」

泰雅がわずかに腰を動かすと、真理亜の中に収まったままの怒張が刺激を加えてくる。

確かに彼も達したはずなのに、その質量は衰えない。

それどころか達した直後より蜜筒が張り詰めているような気がする。

「ずっとマリアのナカにいるから、収まらないどころか足りなくて。……さっきまで処女だったマリアに、いきなり二回戦を頼むのもなんだが……」

ちょっと遠慮気味にお伺いをたてる泰雅なんて、今まで見たことがない。こんな彼を見られるのも一ヶ月間だけ彼のものになったからだろうか。

「あっ、大丈夫、ゴムはまだ持ってるから。ちゃんと着け替える」

そんなところまで気にしてくれる彼に心が浮かれる。真理亜は抱きついたまま顔を浮かせて、自分から唇を寄せた。

「いいですよ。いっぱい、愛してください」

チュッと唇にキスをすると、それに煽られた彼が真理亜をベッドに押しつけ濃厚なキスを仕かけてくる。

「覚悟しろ。トぶくらい愛してやる」

「泰雅さん……」

——好き。

そして真理亜は、本当に意識が持っていかれるまで抱かれ続けるという、濃厚すぎるハジメテの夜を過ごしたのである。

第三章　偽り合う恋

八月に入って夏真っ盛りである。

七月も暑くはあったが、梅雨時期のジメジメがないだけマシ……だと思っておく。

カラッとした天気であろうと暑いものは暑い。真理亜は気温という人の意志ではどうにもならない要因のおかげで、いらない体感苦を強いられる夏が四季の中で最も嫌いだ。嫌いというより、苦手だ。

暑ければ薄着でいればいい。紫桜のようにランニングに短パンならどんなに快適かもわかっている。しかし、花と向かい合うときには着物を着ていたい。

気持ちが引きしまるし、なにより、いつもの自分ではない〝聖マリア〟になれる時間だ。

真理亜がいつも花と向かい合う座敷は、千珠組の一階、中庭に面し、特別な客人だけを通す応接間の隣にある。

自室にも和室はあるし、洋室だと活けられないというわけでもないので、このあたりはい。


完全に個人のこだわりだ。

今日の着物は薄いブルーグレーの絽の小紋。色が上品なぶん、葵《あおい》の蔦《つた》模様がかわいらしい。

出かける用事がなければ浴衣でもよかったのだが、真理亜はこのあと予定がある。

泰雅と、デートなのだ。

「よし」

仕上がった生け花を前に、両手を膝にそろえて真理亜は笑顔になる。今日のお花は夏の代名詞ヒマワリがメイン。ピンクのアルストロメリアとカーネーションを使ったことでとてもかわいらしく仕上がった。

この生け花は、九重頭とつきあいのある呉服商へ届けるものだ。届けるといっても取りにきてもらえるので助かる。最近、聖マリアのクライアントになった。

九重頭組と繋がりのある堅気の呉服商。それらしい名目で毎月わずかな金銭の流れがある。グレーゾーンに抵触するかしないかのフロント企業といっていいだろう。

真理亜の白無垢や色打掛などの花嫁衣装を用意してくれるらしい。「金に糸目はつけないから、俺の孫娘を三国一の花嫁にしてくれ」と九重頭が依頼したらしく、店主が大張りきりで挨拶にきて採寸していった。

——祝言まで、あと二週間だ……。

一ヶ月間、祝言の前日まで泰雅のものになると決め、彼と恋人同士のような時間をすごすようになって二週間が経つ。

どうしても外せない仕事があるとき以外、泰雅は毎日のように真理亜と一緒にいてくれる。だいたいは食事をしてからホテルへ、のコースなのだが、彼が休みの日には午前中から車で遠出をしたり、普通のデートっぽく過ごす。

毎日泰雅に会えて、それも恋人扱いしてもらえる。

真理亜にとっては、嬉しすぎる日が続いていた。

彼と一緒にいられると思えば、連日の〝おとなしく上品で可憐な女性〟という猫を被り続けるのも苦ではない。ただひとつの難点は、ふとしたときに素が出そうになってしまうことだ。

泰雅のそばは、とにかく居心地がよくて落ち着く。安心することを、よく「実家のような安心感」と言い表すがまさしくそれなのだ。

堅気の一般人にここまでホッとできたのは初めてではないだろうか。真理亜が心を許しているから、そう感じるのだろうか。

ただ、泰雅に抱かれているときには〝おとなしく上品で可憐な女性〟でいられている自信がない。いや、間違いなく、なってはいない。

感じるままに遠慮なく乱れている自分。あとになって考えると恥ずかしいが、泰雅が満足そうにしてくれるし、なにより当然のように身体を重ねて感じ合える関係というのは恋人同士らしくて最高だ。

……ひとつだけ、ちょっと考えてしまう。世の恋人同士というものは、会うたびに肌を重ねて二度三度四度五度と快感を共有するものなのだろうか。

毎日抱かれることにはなんの問題もないのだが、回数だけが気になってしまう。

「……泰雅さん……着物のときって全部脱がせてくれないんだよね……」

何気なく呟いて、ポッと頬が熱くなる。

「別に、だから今日着物だってわけじゃないから。このお気に入りの紹を見てほしかっただけだからっ」

わざわざ口に出して言い訳してから壁掛け時計に目を移すと、そろそろ出かけなくてはいけない時間だ。

立ち上がりかけた真理亜の動きが止まる。いやな予感とともに廊下を走る複数の足音が聞こえ……。

「お嬢ぉ～！」

「お嬢！　助けてください！」

「若頭がぁぁぁ!!」

「てめぇらぁ！　真理亜のところに逃げこめばなんとかなると思ってんじゃねぇ！」

「ひえぇぇぇぇ!!」

心落ち着くひとときを日常に引き戻す常連、いつものリキに加えて若衆二人、そして座敷に逃げこむ原因を作る紫桜。

一人一人の声だけでも騒がしいのに、最後の叫び声にいたっては若衆三人の大合唱、いつもの三倍以上の騒がしさ。

これには真理亜も一喝入れずにはいられない。息を吸いながらすっくと立ち上がる。

「やかましい!!」

その瞬間、座敷の時間が止まる。

正確には、飛びこんできた四人の動きが止まる。間違いなく息も止まった。

「あんたらはそこにお座り」

真理亜が床柱《とこばしら》を指で示すと、一番大きな図体をしたリキから順番に、三人が床の間の前に並んで正座をする。

続いて紫桜の背後を無言で指さす。ハッとした紫桜が開けっ放しの襖を急いで閉めた。

以前、クーラーで作った快適な空気が逃げると怒られたのを思いだしたようだ。

「で？　今日はなにが原因でこの騒ぎなんですか、兄さん。またシマ荒らしでも取り逃がしたんですか？」

真理亜が厳しい声を出せばいつもは警戒する紫桜だが、今日はなぜかひるまない。愛用の木刀を肩に担ぎ、えへんと胸を張った。

「いやいや、今日は大収穫だった。なんていったって、幹部らしき男を一人とっ捕まえたからな」

「すごいじゃないですか。隠れ家をコロコロ変えるから手こずっていたんでしょう？」

「まあな」

ひるまないのは久々にいい結果が出たからのようだ。真理亜はにこりと微笑んで〝飴《あめ》〟を与える。

「よかったですね。この調子で上手くいくことを祈っています。兄さんのおかげで、千珠の若衆は優秀ですから」

「お、おう」

最愛の妹のかわいい微笑みに加え、兄を褒め称える言葉。自分の子分を褒められて気分が悪いはずはない。紫桜はさらに胸を張り、床の間の前で置物のようになっている三人を指さした。

「今日はな、リキが大活躍だったんだ。逃げようとした幹部に飛びかかって押し潰した。幹部の男も暴れて頭やら背中やらを殴りつけてきたみたいだけど、リキは動かなかった」

「へえ〜、すごいね、リキ。やったじゃない、明日にでもリキが好きなシュークリームいっぱい差し入れしてあげるよ」

失敗のほうが多いリキが活躍したのが嬉しいのだろう。オレの舎弟はすごいだろうといわんばかりに紫桜は鼻高々だ。

真理亜が褒めると、リキも大きな身体を縮こまらせ照れて頭を掻く。本人も嬉しいのだ。誰が見ても〝悪人顔〟が恵比寿《えびす》様のようになっている。

これは近所の洋菓子店のシュークリームを買い占めてこなければ。真理亜までニコニコしてしまうなか、紫桜の話には続きがあった。

「……そのあと、リキをサポートしようと何人かがさらに乗っかって……。あまりにも重かったのか幹部が失神してよ。今は監視つきで病院だ」

リキだけでも相当な重量だったと思うのだが。内臓破裂などの大事に至らなくてよかった。真理亜は心から思う。

「でも、みんなが活躍していい結果が出たのに、……まあ、病院行きにはなってるみたいだけど……。どうしてこの子たちがわたしのところに飛びこんでくるの？　兄さんが怒るようなことはないのに。それとも、怒ったの？」

「怒んねえよ。ヤキ入れてただけだ」

「ヤキ？」

この場合の〝ヤキ〟は、暴力のほうで使われるヤキではなく、叱咤《しった》激励《げきれい》をするほうのヤキだろう。

とはいえ、熱血漢に輪をかけたヤンチャな兄だ。白熱して紫桜節がのってくれば口調も荒くなるし手も出る。

「頑張ろうぜ」的な一致団結を新たにして終わればよかったものを、おおかた調子にのって「気合い入れるぞ、一人ずつかかってこい！」とかやったのだろう。

相変わらずの兄である。諦めの息を吐いた真理亜だったが、紫桜はたまに見せる真剣なイケメン顔で呟いた。

「真理亜の祝言まで、あと二週間だし。その前に決着をつけたいんだ……」

「そんなの関係ないんじゃ……」

「馬鹿言うな。大事な妹の祝言だぞ。もし邪魔でも入ったらどうする。これだけ小賢しい手を使ってうちのシマ荒らしをしてるってことは、なにか千珠に因縁がある奴らの仕業かもしんねえだろう」

無きにしも非ずである。考えてみれば、兄が同じシマ荒らしに手こずるなんて初めてではないか。

「でも兄さん、祝言は九重頭組の大広間でやるんだし、そんじょそこらのチンピラが忍びこめるようなお屋敷じゃないよ」

「直接来なくたって、その日を狙ってなにか騒ぎを起こすかもしれねえ。そうしたら、真理亜の祝言だってのにオレはうるせぇハエ退治だ。嫁さん姿も見られないなんていやだからな。こいつらだって、真理亜の嫁さん姿楽しみにしてるんだ」

口調に熱が入ってきた。置物になった三人を指さすと、置物たちは一斉に背筋を伸ばす。

リキが照れくさそうな笑顔で口を開いた。

「お嬢がお嫁さんのカッコしたら、きっと世界一のベッピンさんだなってみんなで言ってんです。楽しみっす」

当日は千珠の家で支度をし、白無垢で父に最後の挨拶をしてから九重頭の屋敷へ向かう。出発までは組のみんなに花嫁姿を見てもらうことができるのだ。

もしそのときに駆けつけなくてはならない非常事態が起こったなら、少なくとも紫桜や若衆は真理亜の出発には立ち会えない。

最後の挨拶やら出発やら、もう千珠のみんなに会えないような言いかただが、結婚してもしばらく真理亜はここに住む。

なんといっても相手の顔も知らなければ話したこともなく、名前さえ知らないのだ。結婚したらどこに住むという話もできていないのだから、荷づくりもできない。

おだやかに真理亜の祝言の日を迎えたいと思ってくれている気持ちが伝わってくる。そのせいで気を揉ませてしまって申し訳ない。

けれど、嬉しい。

「ありがとう。祝言のこと、そんなに楽しみにしてもらえて……嬉しい」

「ま、真理亜っ」

真理亜がしおらしくなってしまったせいか、紫桜はにわかに慌てだす。きょろきょろと周囲を見回し、真理亜が活けたばかりの花に目をつけた。

「おっ、ヒマワリかぁ。夏らしくていいな！」

紫桜が正確に花の名前を言えるのは珍しい。とはいえ、いくら花の名前を知らなくても、ヒマワリを知らないのは問題だろう。

「こっちも知ってるぞ。カーネーションだろう。で、これが……なんだっけな。……花図鑑で見て花屋で見て、変わった名前だから覚えてたはずなんだけど……ア……アス……アルロ、じゃない、アストロ……、あれ？　なんか宇宙飛行士みたいな、エロゲみたいな名前だったんだけど」

　非常に惜しい。そこまで覚えていれば、紫桜だということで及第点をあげたい。……ちなみに、紫桜ご用達のエロゲメーカーと宇宙飛行士の複数形は同じ読みである。

「アルストロメリア。兄さんが花の名前を覚えようとするなんて、珍しいこともあるもんだね。どうしたの？」

　それも図鑑で見て、さらに花屋で見て名前を頭に入れようとしていたらしい。これはどういった心境の変化か。

「まあ、ほら、あれだ、妹がお花の先生なんだから、オレも花の名前くらい知っといたほうがいいだろ。……そのほうが、真理亜ともっと話ができるし」

　向上心を見せつけつつ、最後の本音で照れくさそうに声が小さくなる。照れくさそう、というより、かなり照れたらしく、紫桜は置物たちに「行くぞ！」と強がってみせ、三人を引き連れて座敷を出て行った。

　と、思ったとたんに再び襖が開く。紫桜がひょこっと顔を出した。

「真理亜、今日は帰ってくんのか？」

「ん〜、わからない。またサロンで寝ちゃう気がするから明日かな」

「そっか、わかった。気をつけてな」

「うん、ありがとう」

「出歩くのはいいけど、夜道には気をつけるんだぞ。祝言前の娘、おかしな男に引っかかって穢《けが》されでもしたら堪んねえから」

ちょっとドキッとした。

「大丈夫。心配しないで」

「まあ、そんなことがあったら、クソ男は秒で見つけ出してオトシマエつけさせるけど」

真理亜はひとまず笑ってその場をしのぐ。この兄なら間違いなくそのくらいのことはするだろう。オトシマエもおそらく〝体に入れる〟系のレベルだ。

……〝体に入れる〟のは、弾丸か……ドスか……。

「エステやらサウナやらで頑張ってるせいか、綺麗になったうえに女っぷりが上がったんじゃね?」

「やだなぁ、妹褒めてもなにも出ないぞっ」

と言いつつ、シュークリームは紫桜や若衆みんなが食べても余るくらい差し入れしようと心に決める。

真理亜が笑顔で手を振ると、紫桜も嬉しそうににこ～っとして手を振る。とてもではないが、ついさっき物騒なことを口にした同一人物とは思えない。

襖が閉まり、真理亜は心の中で「ごめんね」と謝り、手を下ろした。

泰雅と逢瀬を繰り返す毎日の中で、真理亜はいつも朝まで彼と過ごす。

嫁入り前の娘が連日の朝帰り。実によろしくない。しかしこれをよろしいものとする言い訳を使っている。

「結婚したら夜に飲みに出かけるとかできないかもだから、お友だちと飲みに行く」は鉄板。真理亜の飲み友だち――すべて女子、は、なかなかに飲める女子が多いので、飲み歩いた揚げ句に誰かの家で雑魚寝、もしくはカプセルホテルのベッドにダイブ、というのも珍しくはない。

「祝言まで自分磨きをしたいから、ホテルのエステプランに行ってくる」も宿泊プランなので使いやすい。

「スパのサウナで絞ってくる」もなかなかに便利だ。この場合もホテルと同じでエステプラン利用、その後女性専用サロンで朝まで仮眠した、が言い訳になる。

実際、本当に友だちと飲みに行ったのはこの二週間で二回。それも泰雅が仕事で会えなかったときだけだ。

本当にエステに行っているわけではないのに「綺麗になった」とか「女っぷりが上がっ

た」とか言ったのは、結婚前の妹をおだてただけだろうと思いたいが……。

もしかしたら、連日泰雅に抱かれているせいで真理亜の雰囲気が変わった可能性もあるのではないか。

それだから紫桜が「おかしな男に引っかからないように……」なんて心配したのかもしれない。

相手はおかしな男ではないが、「嫁入り前の娘が穢された」と騒がれそうなことはしている。お互い合意のもとだと言ってもあの兄が納得するかどうか……。

（ヘタレなところもあるけど、なんだかんだでアノお父さんの息子だから、冷酷非情な面はすっごくあるんだよね……）

今になって、ゾワッとする。

もし、知られたら。結婚前に泰雅と一緒にいるところなんか見つかったら、兄はいきなりドスで刺しに飛びかかってくるかもしれない。

真理亜はぶんぶんと首を左右に振る。泰雅に会う前だ。おかしなことは考えたくない。

ひとまず今は、泰雅に抱かれているおかげで少し色っぽくなったのかもしれない、という可能性に浮かれていよう。

（エッチして綺麗になる、みたいな雑誌の特集とかよくあるし）

恥ずかしい妄想に浸りそうになるものの、そんな場合ではない。待ち合わせ時間に遅れてしまう。

(会ったら泰雅さんに聞いてみようかな)

なんて答えてくれるだろうかとウキウキしながら、真理亜は出かける準備を始めた。

＊＊＊＊＊

「ありがとうございます。聖先生によろしくお伝えください」

呉服屋の店主は丁寧に頭を下げ礼を言う。

花の注文をくれるうえに取りにまできてくれるのだから、礼を言うのはこっちではないだろうか。

そう思いつつも、紫桜は玄関先で負けないくらい丁寧に頭を下げる。

「はい、伝えます。いつもありがとうございます」

表情も声もキリリと引きしめ、父親譲りの男前ぶりを発揮する。正直気取るのは苦手だ。

しかし仮にもかわいい妹のお得意様。失礼があってはいけない。

真理亜が活けた花を付き添いの若い男に持たせ、店主は何度も頭を下げて帰っていく。堅気の人間が極道一家の門をくぐって取りにくるのだから、なかなかの度胸だ。

(もしかして……真理亜に会いたいから……とか。いやいや、店主は九重頭の祖父さんと同じくらいの歳だろうから、それはないか？　それなら付き添いの男か？　あいつが真理亜に会いたくてくっついてくるのか？)

妹かわいさのあまり、その周囲にいる男はみんな真理亜を狙っているのではと考えてしまう兄である。

だが、そんなかわいいかわいい妹が、もうすぐ嫁に行く。

真理亜には祝言を祝ってやりたいからなんていい恰好をしたが、可能なら、ぶち壊してやりたいのが本音だ。

「……じいさん……むちゃくちゃだよな」

「なにがだ？」

「ひええっ、すみませんんんっ」

呟いた瞬間に応答されたので九重頭に返事をされたのかと錯覚するが、今日はここに来ている気配はない。

おまけに、今の声は九重頭ではない……。

声がしたほうを見やると、父が背後に立っている。それも片手には、鞘《さや》に収められてはいるが父愛用の長ドスがあるではないか。

つい今しがたの沈んだ気持ちも忘れ、紫桜は盛り上がる。

「父さん！　カチコミですか⁉」

「手入れをするだけだ」

「手入れをして万全の態勢でカチコミですか⁉」

「なにがなんでもカチコミにしたいようだが、シマ荒らしを片づけてからにしろ」

「うっ」

それを言われると少々つらい。これ以上手こずると、父自ら首を突っこんできそうだ。いつもアジトを転々と変えて逃げられるので、正直なところ、父に首を突っこんでもらいたい気持ちはある。

頭がよすぎる人だ。腕も立つし。情け容赦がない。

お知恵を拝借……といきたい気持ちはあっても、そこは若頭の意地というかなんというか、簡単には譲れない一線がある。

「で？　親父がどうした？　あの人が無茶なのはいつものことだが？　おまえが愚痴るな

ら真理亜のことか」

察しがよすぎる。呟きひとつだけで胸の内すべてを読まれてしまったかのようだ。

父には隠し事ができない。紫桜は軽く息を吐いて頭を掻いた。

「真理亜の……相手のことなんだけど……」

「祝言のか?」

「堅気……なんだよな?」

「今はな」

「大丈夫なのか?　その……人間性、とか」

「おまえに言われたら、相手もショックだと思うぞ」

言い返せない。確かに、極道が堅気になった人間に向ける言葉ではないのかもしれない。

(でもっ、ここは庇《かば》ってほしいですね、おとーさんっ!)

父へのちょっとした不満を心で叫び、紫桜は強烈な不満を口に出す。

「父さんは不満じゃないのか?　こっちは、祝言の相手のことをなにも知らされてないんだ。どんな男なのかもわかってないんだ!」

「なにも……でもないな。名前とか歳とか、どこの組にいたかとか、なにをやっていたかとか、それくらいは知っている。ついでに私はその男が現役で暴れていたころに会ったことがある」

「……オレ、知らされてませんが……」

「おまえが知ったら、真理亜かわいさに話すだろう」

さもありなん。

真理亜に「名前も顔も知らない男の人だから不安」とか言われたら、かわいそうで教えてしまう気はする。

同じように溺愛していても、そのあたりが父と違うところだ。

「じゃあ、ちょっと聞きますが……。その男は、本当に真理亜を大事にしてくれそうな男ですか？」

「ん？」

「なんていうか、世話になった親分さんの紹介だから……みたいな感じで了解して、仕方がないから祝言を挙げる……みたいな。そんないい加減な男だったらとか、考えてしまって。そんなの、真理亜が不憫《ふびん》だ。義理で夫婦になるなんて、堪ったもんじゃない」

「親父は、出会った瞬間に恋に落ちるパターンを想定しているようだが」

そんな上手くいくものだろうか。しかし真理亜は九重頭のお気に入りナンバーワンだ。かわいがっている孫娘に、いい加減な男をあてがうとも思えない。

おまけに父は相手の素性を知っているらしい。知っていてなにも手を下さないということは、父でも認める人間性だということだろうか……。

「それなら紫桜、おまえに問う。もしも真理亜の相手が、祝言を迎えるまでの自由を満喫するような男だったら、どうする」

「はあ？　なんだそれ」

つまりは、結婚して妻ができ、男としての自由がなくなる前に女遊びをしまくる、ということか。

これが極道の男なら、シノギや場合によっては、ということもあるので文句は言えないが、堅気になった男が、それも真理亜の相手がそんな男だとしたら許せるはずがない。

「ドスで一刺しか、コンクリ詰めですね」

「おまえなら、そう言うと思った。まあ、そんな男じゃないことを願っていろ」

表情を出さない父が、かすかに嗤ったような気がする。意味ありげで逆に怖い。

「しかし、相変わらず真理亜のことになると必死だな」

「当然です」

アッサリ肯定し、紫桜はしばし無言になる。――なんともいえない想いが、込み上げてきたからだ。

「……母さんと……約束した……。『真理亜を守ってあげてね』って。だからオレは、オレの代わりに真理亜を守ってやれる男が現れるまで、妹を守るんだ」

十歳のときに他界した母。真理亜が生まれて間もなくだった。

大好きだった母と約束したのだ。妹を守ると。

いつか妹が自分を守ってくれる男を見つけてくるまで。

そのときには、喜んで役目を降りよう。

「……ただし……オレより強い男じゃないと認めないけどな……」

ポンッと、頭に父の手が乗る。驚いて顔を上げたときにはすでに手は離れ、父は廊下を歩いていった。

「……父さん？」

——父が、なにかをしようとしている。そう思えてならなかった。

＊＊＊＊＊

泰雅はいつもホテルの部屋を取っておいてくれる。

それも毎日違うホテルのスイートルームだ。都内にはずいぶんとたくさんのラグジュアリーなホテルがあるものだと思う。

豪華な気分に浸れるのは心浮かれるものだが、毎日だとそこに申し訳なさが入り混じるようになる。

毎日こんな立派なお部屋じゃなくても……と言葉を濁したこともあるのだが、彼は握りこぶしつきで力説してくれた。

『極上の女を抱くならそれなりの部屋は必須！　ちなみにマリアにラブホは論外‼』

……と、言ったあとに、「プールがあったり滑り台があったり、いかがわしいオモチャがたくさんあったりするラブホもあるから、興味があったら言うこと」と、つけ足された。

……どれとは言えないが、興味は……ある。

そのうち、その単語を口にできたら伝えてみようと密かに考えた。

そして、今夜のデートはホテルの部屋に驚かされた。

「和室を取っておいて、正解だったな」

座卓の前で湯呑みを片手にくつろぐ真理亜の背後に移動し、泰雅は肩越しに腕を回す。

「そろそろマリアが着物を着てくるんじゃないかって思ってた」

こめかみや耳にチュッチュッとかわいいキスをする。くすぐったくてクスクス笑うと手に持った湯呑みのお茶がこぼれそうになった。

「泰雅さん、駄目ですよ。お茶がこぼれちゃいます」

「え～」

おどけて文句を言いながら、泰雅は真理亜の手から湯呑みを取り、自分でグイッと一飲みにしてしまう。

驚いている真理亜を歯牙にもかけず、続きとばかりに耳朶《じだ》を食んだ。

「ほら、これでこぼれない」

「もうっ、泰雅さんっ」

咎《とが》める声を出しつつ、真理亜だっていやではない。耳で動く泰雅の唇を感じながら口を開く。

「でも、ホテルなのに、こんな立派な和室があるところもあるんですね」

都内高級ホテルの上層階。ここにはその外観からは予想もつかない、一流旅館を思わせる和室スイートがある。

入室し、踏込《ふみこみ》に立った瞬間から和の空気に包まれる。前室から主室へ。主室と寝室を仕切る襖は開け放たれ、奥には二組の布団が敷かれていた。

芸術的な彫りの欄間、置き灯篭《とうろう》型のランプ、もちろん床の間もあり、季節の花が飾られている。

主室の座卓には高座椅子。お着きのお茶と、お着きのお菓子も完璧。

ここまで完璧に和の風情が漂う高級旅館そのものなのに、広縁の大きな窓からは都会の高層ビルの夜景が見える。

このアンバランスさがまた堪らない。

「和室スイートがあるホテルは他にもあるんだが、だいたいベッドなんだ。ここは寝室が畳で、敷布団だから選んだ」

「温泉がある観光ホテルだと和室もありますよね……あっ」

話している途中で耳孔に舌を挿しこまれ身体が震える。お茶を持っていたなら確実にこぼしていた。

「畳の上で着物のマリアを抱けるなんて、最高だろう?」

「……泰雅さん……着物だと全部脱がせてくれませんよね……」

「マリアの着崩れ姿、もんのすごく色っぽくてエロいからな。見たいか？　写真撮って見せてやろうか?」

「や、やですよぉ……ぁあっん……」

泰雅の声が艶を孕んでいるせいか、鼓膜がゾクゾクする。ついでにもう片方の耳も指でいじられ、脳内が痺れてきそうだ。

「着崩れていなくても、そそる女だよ。会社のロビーで花を活けているマリアを男の社員が眺めていると、いったいナニを妄想しているんだろうと思ってムカムカする。『見るな俺のだ！』って殴り倒したい」

「お花を見てくれているんですよ……ぅンッ……、お仕事のときは着物でほとんど露出ナシですから。おかしな想像なんかできませんよ」

「マリアは考えがお嬢さんすぎる。露出がなくたって、マリアは色っぽいんだよ。最近は特に」

喋りながら耳介を舐められ、同じように指でいじられる。舌の音が頭の中で大きく響いて、まるで脳内を掻き混ぜられているようだ。

「それなんですけど……ぁっ……、ハァ……本当に、色っぽくなりました？」

脳内が痺れてきそうな感覚に耐えながら言葉を出す。紫桜に言われたことを思いだしたのだ。

「あ、兄に、最近女っぷりが上がった、って、言われて、そうかなーって」

「女っぷり？」

「あ、いえっ、い、色っぽくなったんじゃないかってっ」

にわかに焦る。もしや一般には「女っぷり」という言葉は使わないのだろうか。よく耳にしていたような気がするのだが。

（違うっ！　お気に入り任侠《にんきょう》物のＶシネで馴染《なじ》みがあっただけだ！）

やってしまった感に苛まれそうになったが、泰雅に身体を引っ張られ座椅子から身体が落ちる。高座椅子だったせいで脚が崩れて裾が乱れた。

「あ……」

「そうだな、確かに女っぷりは上がってる。かなり色っぽくなっているし、綺麗だし、いやらしい」

「い、いやらしいって……」

「いや、いやらしくなった」

着物の上からぐにっと胸を掴まれる。五指を意味ありげに動かされ、薄い絽の生地と長《なが》襦袢《じゅばん》の中で柔らかなふくらみが刺激される。

「やっぱり。このさわり心地はブラジャーも着物用の下着も着けてない。――こうしてさわられるのを見越して着けてこなかったんだろう？　嬉しいくらいマリアはいやらしくてイイ女だよ」

耳元で囁く声は、どこか粘着質で甘ったるい。彼の声に三半規管が犯される。眩暈《めまい》にも似た感覚に耐え、真理亜は言い訳を試みた。

「暑いから……。和装ブラ、意外と暑いし……」

「そうか、それじゃぁ、少し涼しくしてやろう」

帯締め、帯揚げと続けて取られ、帯がほどけていくのを感じる。衿《えり》の合わせから大きく開かれ、肩が出てしまうほど着物も襦袢もゆるむ。両の胸のふくらみを引き出され、うしろから掴み上げられた。

「あっ……」

「着物の布に擦れて気持ちよかったんじゃないのか？　乳首勃ってるぞ」

「や、やだ、泰雅さん……」

体勢が崩れたときに泰雅の胡坐の中にお尻が収まってしまった。身をよじるとどんどん着物が着崩れていく。両方の乳首を同時にくにくにと揉みたてられ、身をくねらさずにはいられない。

「あっ、や……やぁンッ」

「布に擦れるくらいじゃ満足しないな。マリアの身体は気持ちイイのが大好きだから」

「そういうこと言うと……すごくエッチですよ……」

「そうだよ」

やり返したつもりだったのに、アッサリと返されてしまう。胸を掴まれたまま泰雅と一緒に横に倒れ、彼だけが身体を起こして真理亜はうつ伏せに押さえられた。

「こんなイイ女を毎日抱いてりゃ、寝ても覚めてもマリアを啼《な》かせることしか考えられなくなるってもんだ」

帯を引き抜かれ、伊達《だて》締め、腰紐《こしひも》もさっさと取られてしまう。

今までのデートは着物と洋服半々くらいだが、回を重ねるごとに着物を脱がせるのが手早くなっている気がした。

着崩れた長襦袢ごと着物をまくられ、腰を上げて四つん這いにさせられる。お尻が丸出しになったのを感じると、ショーツの上から双丘を掴まれじゅっと吸いつかれた。

「やぁんっ……！」

ピリピリっとした電流が走って腰が震える。肩を下げさせられ、さらに腰が高くなる。

「どうせなら下も穿《は》かなくていいのに。でも、マリアはすぐ濡れるから穿いていないと困るか」

スルッとショーツを太腿まで下ろされる。お尻側から秘裂を割られるとあたたかなものが太腿を伝う気配がして腰が震えた。

「ほら、やっぱりマリアはいやらしいんだよ」

太腿に垂れる愛液を舐め取り、泰雅はそのまま秘裂に舌を撫でつける。舌を出したり引いたりしながら真理亜の恥ずかしい部分を舐めたくった。

「あっ、あっ、あ……！　たいが、さっ……やぁァンッ……」

腰が高く上がっているせいか、泰雅に「はい、どうぞ」と差し出している気分になる。もどかしくも愛しい快感に腰が揺れると「もっと」とねだっているように思えて、自分の思考に官能が煽られた。

ぐしゅぐしゅ音をたてられ、ときどき嚥下《えんげ》する気配がする。いったい自分はどれほど感じてどれほど濡れそぼっているのだろう。いやらしいと言われてしまって当然だ。

(でも……きっと、泰雅さんだからこんなに感じるの……)

そう思うと感じられることが嬉しくなる。泰雅が触れるから、こんなに気持ちいいのだ。

「泰雅さん……泰雅、さん……、気持ちいい……んっん……」

畳の目に沿うように手を滑らせ、一緒に広がった髪を握り、真理亜は快感に悶《もだ》える。上半身を揺らすと両の乳房が畳に擦られて、また新たな刺激に見舞われた。

「いいことだ、もっと感じろ。喉が渇いた。マリアの汁、もっと飲ませろ」

「や、やだ、泰雅さん、やらしっ……あぁぁんっ……、言われなくたって……感じて……

「たいがさ……ああん……」

「マリアの汁は極上の甘露だからな。——俺以外の男になんて……やらねえ」

アッ、あ……！」

——本当にそうしてもらえるなら、どんなに幸せだろう……。

真理亜の甘露をすすりながら、泰雅がスーツを脱いでいく。トラウザーズに手をかけたところで唇を離し、真理亜を解放した。

「ハァ……あ……ァンッ」

息が乱れる。刺激をたくさんもらった秘部が、すでに続きを求めて疼いている。

肩を上げられ、着物だけを腕から抜いて肘をつかされる。四つん這いになった状態で泰雅を見ると、脱がせた絽を高座椅子の背もたれに引っかけニヤッとした。

「ひとまず、コイツは避難」

「……長襦袢は？」

「いい感じに乱れてエロいから、そのまま」

「もぅ」

仕方がないなぁ、という顔をしながら、そう言われるのを待っていた気もする。長襦袢は衿はもちろん裾も乱れ、上前下前もすっかりずれてしまい、かろうじて伊達締めのおかげで身体にまとわれているという感じだ。

泰雅はといえば、すぐさま避妊具の封を切りヤル気満々である。ショーツが太腿で止まっている真理亜につきあったわけではないだろうが、トラウザーズを膝まで下げた状態で準備を施す。

そして、相変わらず上はワイシャツを着たままだ。胸までボタンを外してはいるが脱ぐ気配はない。

初めての夜から、ずっと、彼はワイシャツを脱がない。

(どうしてなんだろう)

「珍しくジッと見ているんだな。興味が出たのか？　さわる？」

「ち、違いますよっ」

上半身のシャツを見ていたのだが、タイミングが悪かった。こんなときにジッと見ていれば、大きく熱り勃ったモノが薄い膜を被せられる様を興味深く眺めているように思うだろう。

ハハハと軽く笑う泰雅の声を聞きながら顔を前に戻す。腰からお尻のラインを大きく撫でられ、ふわっとした気持ちよさを感じた。

お尻の渓谷を広げながら、熱い欲棒が脚のあいだにねじりこまれる。

「俺はマリアの奥のオクまで見てるんだから、マリアだって遠慮しないで見ていいんだぞ?」

「遠慮とかは……ぁんっ」

ショーツをちゃんと脱がされていないせいもあって脚が少ししか開かない。あわいをぬって潜りこんだ熱棒が、潤沢な蜜の中でただ秘裂を擦っていった。

入りそうで、なかなか挿入されない。待ち構える膣口に切っ先が引っかかりそうで、通りすぎてしまう。

もどかしい擦り上げに自然と腰が揺れる。

「ンッ……やんっ、泰雅、さん……お願い……ぁっ」

「なんだ? マリアのお願い、言ってごらん」

「裸……」

「ん?」

「泰雅さんの裸……見たい……ハァ、あっン」

「俺の、裸?」

「泰雅さん、いつも……ぁあっ、シャツ、脱いでくれなぃ……」

一瞬、泰雅の動きが止まった。

彼としては挿入を焦らしているのだから、真理亜のお願いはひとつしかないと思っていただろう。

予想外だったに違いない。まさか裸が見たいと言われるとは。

彼にとって驚きだったのか戸惑いだったのか。それでも泰雅は、またゆっくりと蜜海で己を泳がせはじめた。

「んっ、ぅンッ、泰雅さぁン……」

「マリア……、以前、俺と会うときはかわいくしていたい、って言ってくれたことがあっただろう？」

「はい……あっん、んっ」

「俺も同じだ、マリアに会うときは大人で紳士で、かっこいいって思ってもらえる男でいたいと思っている」

泰雅はいつでも大人だし紳士だし、かっこいい。意識する必要なんかないのに。それを口にする前に、泰雅の言葉は続いた。

「俺は、今の仕事をする前についた大きな古傷がある。マリアが見て気分のいいものじゃない。だから、それを見せたくないんだ」

出そうと準備していた言葉が出ないまま消えていく。シャツを脱がないのは、彼にとって最大の配慮だったのだ。

(泰雅さんの……古い傷……)

考えるとゾクッとした。真理亜が知りえない過去の泰雅。それを、知ることができるのではないか。

「傷は……昔一緒に仕事をしていた方たちといたころについたのですか?」

一向に挿入されないもどかしさと闘いながら尋ねる。「そうだ」と答えをくれた彼にちゃんと聞こえるよう顔を上げ、畳についた手を握りしめる。

「信じ合える仲間との仕事でついた傷は、勲章ではないでしょうか。恥ずかしいものではない。……泰雅さんは、かっこいいです」

その瞬間、剛強がずぶっと真理亜を貫いた。

入ってこなければ入ってこないでもどかしいが、いきなり強烈に侵入されて驚いた隘路が収縮して彼を締めつける。

「あああぁっ……！　やぁん……！」

強烈だったのは挿入だけではなかった。まるでラストスパートをかけるときのように泰雅が腰を振りたくり、蜜窟を蹂躙《じゅうりん》する。

「ああっ、ぁぁあっ！　いきなり……ダメっ、壊れちゃ……ぁぁンッ！」

細い腰を両手で摑まれ、彼が突きこむたびに引き寄せられる。双方からぶつかり合う肌がバシンバシンと激しい音をたて、剛直が内奥を穿つ。激しさのあまりすぐに快感が弾けてしまいそうな気配を感じた。

「泰雅さっ……たいがさぁん……！」

「……マリアは……本当に、どうして…」

彼のなすがままに貫かれ喜悦の声をあげるしかできない真理亜の耳に、どこかつらそうな泰雅の呟く声が入りこむ。

「どうして、そうやって……昔の血が喜ぶことばかり……言えるんだ……」

苦しそうなのに、なぜか真理亜には彼が嬉しそうに思える。古傷の話題に触れてしまったことだろうか。彼はそれで気持ちが荒ぶって、激情のままに真理亜を抱いているのかもしれない。

けれど、真理亜は古傷を否定してはいない。それで彼の血が喜んでいるのなら、彼にとって悪いことではないはず。

泰雅の様子が胸に沁《し》みてくるなか、真理亜の官能も限界を迎える。畳についた肘に力を入れても彼に引き寄せられる身体は大きく揺さぶられ続け、ゆるくなっているはずの伊達締めで胸が苦しくて呼吸が詰まった。

「ダメェっ……！　壊れ……ああっ！　イクぅんっ――――――！」

ガクッと肩が崩れ、絶頂の反動で大きく指が開き力が入る。その手の甲にひたいを落とし、真理亜は呼吸を乱した。

伊達締めを外され、身体に張りついていた正絹がはらっと流れ落ちる。大きな質量が抜け出て腰がビクビクッと震えたあと、両脚を引かれ全身が畳に横たわった。

「マリア」

太腿で止まっていたショーツを脱がせ、泰雅は乱れて頬にかかった真理亜の髪を寄せて顔を覗きこむ。

ちょっと眉が下がっているように思えるのは、いきなり激しく抱いてしまったことを悔やんでいるのだろうか。

「ちょっとつらかったか？　すまない」

「大丈夫です……謝らないでください……」

髪を寄せてくれる泰雅の手を掴み、真理亜はもう片方の手をついて身体を起こそうとする。達した直後に自分で無理に身体を動かすのは、正直キツイ。それでも、すぐにでも彼に伝えたいことがあった。

泰雅にもそれがわかったのか、真理亜の身体を支えて起こしてくれる。膝をついて中腰になる彼と向かい合い、かろうじて横座りで膝を崩した真理亜は、ワイシャツの腕を摑んで彼を見つめた。

「やっぱり……諦められません……」

「マリア？」

「わたし、見ません。絶対に見ないから、泰雅さんの背中にさわらせてください」

「だが……」

まだこの話題を引っ張っているとは思っていなかっただろう。泰雅が言葉を濁す。それでも真理亜は引かなかった。

「泰雅さんのすべてに、この手で触れたいんです。好きになった人の、全部を感じたい。見ません。絶対に見ないから、泰雅さんの誇りに、少しでいいから、さわらせてください。抱きしめさせてくださ……」

言いきる前に、強く泰雅に抱きしめられる。髪に挿しこまれた彼の指に力がこもり、愛しげに真理亜の頭に頰擦りをした。

「マリアは……どうして……」

声が震えていると感じるのは気のせいだろうか。彼が思うマリアはここまで強情を張らないのかもしれない。

そう考えると「またやってしまった」という気分だが、彼のすべてに触れたいというのは素直な希望だ。

「わかった……」

静かに了解を出し、泰雅は真理亜の身体を離す。

「マリアを信用しないわけじゃないが、目隠しをさせてもらえるか？」

「目隠し、ですか？　はい、いいですよ」

真理亜はぱあっと笑顔になる。それで彼の素肌に抱きつけるのなら、目を隠されようが顔に袋を被せられようが構わない。

嬉しそうに返事をすると、泰雅がちょっと困ったように笑った気がしたが、彼は自分のネクタイと真理亜の帯揚げを引き寄せた。

「これで目をふさぐ。少し、我慢してくれ」

「大丈夫です。ふたつも使うんですか？」

そんなに警戒しなくても、見ないと言ったら見ない。「わたしに二言はない」と言ってしまいたいが、それではちょっとマリア的に気風がよすぎる。

「目隠しとなるとかなりガッチリ縛るんだが、ネクタイでやると痛い。柔らかい布、この帯揚げあたりだとシッカリ目隠しができそうだ。でもこのまま使うと化粧がつくだろう？

ネクタイで軽く目の周囲を巻いてその上から帯揚げで結べば、目隠しも押さえもシッカリできる」

　そのまま使って帯揚げにファンデーションがつくのを気にしてくれたらしい。確かに帯揚げなら、柔らかくシッカリ結べそうではある。

（そんなことまで気にしてくれるなんて）

　感動に心が潤む。以前、父の舎弟が抗争相手をネクタイで目隠ししたとき、ガッチリ縛りすぎて相手が悲鳴をあげていたことがある。シッカリと縛ると痛いというのは本当なのだろう。

「泰雅さん、ネクタイで目隠ししたことがあるんですか？」

「ん？」

「ガッチリ縛ったら痛いって……」

「……スイカ割りのとき……、かな」

「スイカ……」

　確かに目隠しはするが、そんな痛いくらいガッチリ縛るものだろうか……。

　なんとなく考えこみそうになったとき、目の前で泰雅のネクタイが伸ばされる。とっさにまぶたを閉じると、くるっと手早く巻かれた。

「ほら、さわるんだろう？　俺もシ足りない」

続きを催促されてしまった。照れくささをかかえ、少し顎を上げ気味に、彼にされるままになる。

ネクタイの上からかぶせた帯揚げを頭のうしろで縛られる。両目がネクタイでほどよく押さえられ、帯揚げでしっかり留まっているといった感じ。

こんなことまで上手にできるなんて、すごい。

改めて惚れ直してしまいそう。

当然だが真っ暗で光さえ感じない。そんななか、大きな衣擦れの音がする。どうやら泰雅がトラウザーズを脱いだようだ。

「せっかくの敷布団だ、使うぞ」

「きゃっ」

身体をかかえ上げられる。片腕で肩に担がれているらしい。荷物っぽいが、なにも見えない状態なのでかえってドキドキする。

肌に触れる彼の肩にはまだシャツがある。寝室へ移動してから脱ぐのだろうか。

スッと身体が沈み、足の裏に柔らかくサラリとした感触が訪れる。泰雅に両腕を持たれ、敷布団の上に立たされているのだろう。

「脱ぐから、ちょっと手を離す。倒れるなよ」

「はい」

返事をすると手が離れ、泰雅がシャツを脱ぐ気配がする。やっと彼の素肌に抱きつけるんだ。そう思うとドキドキして……足元がふわっと……。

「おっと」

泰雅の腕が腹部に回り身体を支えられる。どうやら気がつかないうちに倒れかかっていたようだ。

「いきなり視界をふさいだから、平衡感覚がおかしくなる。浮いているような感じがするだろう？」

「はい……見えないから、どこが床なのかわからないっていうか……」

「それじゃ、俺が抱っこするしかないな」

泰雅が腰を下ろした気配、すぐに身体を引かれ、足の置き場所を指定される。

「そのまま、腰を下ろせ。マリアから喰らってくれ」

おそらく、泰雅の太腿を跨《また》がされている。ハの字に開いた両腕を掴まれ、導かれるように腰を落としていく。

どのくらい腰を落とせば、切っ先にあたるだろう。このまま彼の膝に座る感じでいいのだろうか。

座った泰雅と向かい合って、彼を受け入れるのは初めてだ。この形なら泰雅の背中に手を回しやすい。

もしかして今までこの体位をしたことがなかったのは、あまり背中を探らせないためだったのではないか。

おそるおそる下ろした秘裂に、ぐにゅっと生あたたかいものが触れる。驚いた腰が跳ね上がり、一旦停止。今のが彼の先端だろう。見えているときにあたってもなんとも思わないのに、視覚がないだけでこうも感覚が違うものか。

「いい位置だ。上手いぞマリア」

こんなことで驚いてと笑われるかと思ったが、泰雅は逆に褒めてくれる。単純に気分はいい。真理亜は再度ゆっくり腰を下ろした。

「ンッ……」

思ったよりも柔らかいものが膣口を広げていく。いつも最奥をえぐって真理亜の官能を狂わせる凶悪な切っ先は、実はこんなに柔らかく入口を広げる導き役だったのだ。

「ぁ……あああ、あっン……」

少しずつ腰を落とす。ずりゅっずりゅっと熱が胎内に満ちていくのが感じられた。

どこまで入るだろう。どこまでこの熱を感じられるだろう。そんなことを考えながら腰を落としていくと、いつの間にか内股同士が密着している。

繋がった部分から熱が放出されているかのようにジンジンする。そこを擦りつけるように腰を動かすと、彼の股間で秘芽が擦られて腰が震えた。

「マリアは、ときどき度胸がいいから、驚かされる」

「そ、そうですか……ぁんっ！」

両乳房を掴まれ、またもやビクッとする。自分でも驚いてしまうくらい、なにかされるたびに身体が震えた。

おそらくこの目隠しのせいだ。

なにも見えない、光も感じないせいで、なにをされるのか、なにをされようとしているのかがまったくわからない。

「あぁぁん、やっ、やだぁ……」

交互に先端に吸いつかれ舐られると、気持ちいいのに情けないあえぎ声が出てしまう。

真理亜が思っているとおり、これは本当に泰雅の手なんだろうか、乳首に感じるこの生あたたかいものは彼の舌で間違いはないだろうか。

見えていれば当然のことが、見えないばかりにこんなにも不安になる。

「泰雅さぁん……あっ、そこぉ……」

「んっ、いいよ。マリアは乳首舐められるのが大好きだったな」

「そんな……ひゃぁっ！」

おかしな反応をしてしまって、自分でも驚く。ちゅぱちゅぱと吸いたてられ、甘噛みされて唇でしごかれ……ているのだと思う。

いつもされていることなのに、快感が先に立ってなにをされているのか定かではなくなってくる。でも確かに気持ちがよくて堪らない。

真理亜が大好きな、泰雅の愛撫で間違いはない。

「たいが、さんっ、あっ、あンッ……やだぁ、ぁぁっ……」

「どうしたマリア、泣きそうだぞ」

「わからない……けど、わからなくて、気持ちいいのぉ……ぅンッ、んっ」

「かわいいなぁ、マリア。でも、マリアがもっと好きなのは……こっちだろう？」

身体の中央に、ズンッと響く刺激。波のような電流が走り、両脚がぶるぶる震える。

「ひゃぁん……やぁぁっ……！」

「もっとか？　いいぞ、気持ちヨさそうだ。目隠し効果だな」

「ああっ！　あぁっ！　ダメっ……らめぇ……！」

下から突き上げられ、内腿がぶつかり合う。胸にあった意識が下半身に移り、そこからの感覚を脳がストレートに受け取るぶん、なんともいえない快感が全身をめぐった。

「ああっ！　やっ、やぁ……これ、ヘン、なっちゃう……あぁンッ！」

「ヘンになっていいぞ。でもその前に、抱きつかなくていいのか？」

本来の目的が快感を突き飛ばし、我に返る。手を伸ばすと泰雅の胸に手があたった。

「あ……」

いつもシャツから覗くだけの胸。綺麗な胸筋は、兄に鍛えかたを教えてあげてほしいと思うほど。

そこから上は肩。シャツに隠れて直接触ったことはなかった。

そして……。

真理亜は泰雅に抱きつく。背中に腕を回し、手のひらでたどっていく。

僧帽筋から広背筋の盛り上がり、肩甲骨の出っ張りと窪《くぼ》み、背骨の関節のひとつひとつ。

彼の背中は逞しくてとても広い。おまけに手触りがよくて、ずっと撫でていたいくらい。

「たいがさん……」

「傷痕なんて、どこにあるのかわかりません。とても綺麗な背中です。泰雅さんが傷だと思っているものは、傷なんかじゃないんです。とても誇らしいもの。わたしはそう思います」

　夢中で口に出した。心からそう思えたから。

「マリアっ……！」

　昂ぶった声がして、泰雅が真理亜の身体を抱きこむ。突き上げが激しさを増し、彼に抱きついていても止めようなく揺さぶられた。

「あぁっ、あっ！　泰雅、さん……たいがさぁんっ……！」

「マリア……おまえは……本当に……」

　彼がなにを言おうとしていたのかはわからない。言うつもりがあったのか、なかったのかもわからない。

　もしかして口にしたのかもしれないが、愉悦の波に巻きこまれた真理亜の耳は、聞き取ることができなかったのだ。

　放埒《ほうらつ》に蜜壺《みつつぼ》を掻き回す凶悪な熱に犯されながら、真理亜も夢中になって腰を揺らす。自分の動きなど彼になんの快感も与えられていないかもしれないが、それでも自分の昂ぶりのまま動いた。

「たいがさぁ……ん、イイ……気持ちイイっ……！」

「そんなこと言われたら、止まんねえなぁ！」

がつんがつんと突き上がってくる凶棒に注がれる快感の火種。真理亜は泰雅の背中で指先に力を込め、大波に呑みこまれた。

「ダメ、ダメっ、ヨすぎて壊れるっ……もぅ、壊してぇっ――――！」

波が火花のように弾けたのを、真っ暗な視界の中で感じる。

波飛沫と一緒に意識が流れていきそうになったとき、柔らかくあたたかなものが唇に触れ、真理亜を引きとめた。

唇を吸い、表面を舐めて、下唇を甘噛みする。この気持ちのいい唇は泰雅だ。心地よさにふっと微笑む。そんな唇をぱくっと食べられ、優しく吸われた。

「――壊さねえよ、こんなイイ女。……離したくないのに……」

とても嬉しいことを言ってもらった気がする。真理亜はゆるみかかっていた両腕で、改めて泰雅の背中を掻きいだいた。

「離さないで……。離しちゃ……いや……」

それが許されることではないと、今の真理亜には考えられない。

今はただ、愛する人に抱かれ、彼に触れられる幸せにだけ意識を向けていたい。

「泰雅さん……」

彼のことを考え、この先のことを思うと目頭が熱くなる。

真理亜が密かに流した涙は、自分でもわからないまま、愛しい人のネクタイに吸いこまれていった。

一日泰雅に会うたび、一度彼に抱かれるたび、真理亜の彼に対する想いは深く濃くなっていく。

知れば知るほど愛しさが増す。

一ヶ月間だけ、思い出として彼のものになれたらそれでいい。そう思って始めた関係なのに、今は、彼から離れたくないと思っている自分がいる。

むしろ彼から離れるなんて考えられない。

彼以外欲しくない。

あの腕以外に抱かれる日がくるなんて、考えたくない。

祝言まであと十日。本来ならそろそろ泰雅との関係は終わりにする覚悟をしておかなくてはならないのに。

覚悟どころか、真理亜の中で泰雅の存在は大きくなり続けている。離れたくないと悩んでしまうほど。

「でも……どうしたら……」

二階の自室を出ていつもの座敷へ向かいながら、真理亜は腕を組みブツブツと呟く。

今日は珍しく半袖カットソーにフレアスカートというラフなスタイル。今日は外出の予定もなく、仕事も休みだ。

いつものごとく泰雅とホテルで朝食を食べてから帰ってきた。彼はそのまま仕事へ向かい、今夜は接待が入っているとかで、久々に会えない日である。

「おじいちゃんに……言ってみようか……」

話を持ってきたのは九重頭だ。断るのなら、やはりお膳立てをした当人に言わなくてはいけないだろう。

けれど〝今さら〟だし、祝言の準備だってかなり進んでいる。この段階でやっぱりいやだとは言いづらい……。

真理亜の脳裏に、祝言の準備を張りきる九重頭の顔が思い浮かぶ。

幼いころから、本当の孫娘のようにかわいがってくれた。一団体のトップとして恐れられる人なのはわかっているけれど、真理亜だって本物の祖父のように懐いている。

ガッカリさせたくない。花嫁姿を見せてあげたい。

「お父さんに相談してみようか……」

紫竜はなんだかんだで真理亜に甘い。

本人だって娘の唐突な結婚話に戸惑っていたことだろうし、真理亜には本当に好きな人がいて、諦めをつけられなくて悩んでいると言えば、九重頭と話をしてもらえるのではないだろうか。

「甘いといえば兄さんもだけど……」

考えた瞬間に……自動で却下される。

（絶対無理……）

紫桜も九重頭からかわいがられていてある程度のことは言えるが、ひと睨みされて撤退するのが目に見えている。

「やっぱり、相談するならお父さんかな……」

「私がなんだ？」

「ひゃぁぁっ！」

独りごちながら座敷の襖を開けると予想外の返事が聞こえ、真理亜はおかしな声をあげながら襖に背中を張りつける。床の間の前に紫竜が座っていたのだ。

「お、お父さん……なにをしているんですかっ」

「なにをしているように見える？」

指先でメガネのフレームを上げる父は、いつもの着流し姿に片手には分厚いハードカバーの本を持っている。

これで読んでいるのが日本文学全集などなら粋だが、洋書の原文、それもロマンス小説だというのだから、なかなかのギャップである。

「読書……ですか?」

「数秒前なら当たりだが、今ははずれだ。真理亜に話がある。座りなさい」

「はい」

なにをしていた、と聞いたのだから、今でも当たりだと思います。心の中で呟きつつ、真理亜は素直に父の前で正座をする。

なんの話かは知らないが、父には相談があったしちょうどいい。

「お父さんは、いつからここに?」

「三十分ほど前かな。真理亜が帰ってきたときに、今日は仕事もないし午前のうちに座敷の掃除をすると言っていたので。ここにいれば来るだろうと思った」

「そんな、用があるなら呼んでくだされぱいいのに」

「男と会ったあとに父親に呼び出されたら、緊張するだろう」

ドキリと心臓が大きく跳ね、全身に緊張が走った。メガネの奥にある父の双眸が〝本気〟になったからだ。

「バレないとでも思っていたのか？」

「……いつから、ご存知だったのですか？」

知られているのなら、下手に隠し立てするのは逆効果。真理亜は紫竜の顔をしっかりと見て逆に質問をする。

「祝言が決まり、真理亜が毎日のように家を空けるようになって間もなくだ。連日もっともらしい理由をつけてはいたが、まさか祝言の前日までコレを続けようとしているわけではないだろうな？」

……続けようと……していた。

祝言の前日まで、泰雅のものでいたかった。

彼と恋人のように過ごしたかったのだ。

「羽を伸ばすなとは言わないが、おまえは女だ。それも、過去はどうあれ今は堅気になった男と結婚をする。極道同士の結婚なら活発な娘だと笑い話にすることもできるが、そうはいかない。ほどほどにしろ」

結婚前に男と遊び歩いていた女。普通の感覚で考えるのなら、とんでもない話だ。

もし祝言の相手に知られて嫌悪感を持たれでもしたら、話を進めた九重頭の顔に泥を塗ることになる。

けれど真理亜は遊びで泰雅に身体を預けたわけではない。本気で彼が好きだから、せめて、結婚するまでと。

言うなら今がチャンスではないか。心から好きな人がいるのだと。

膝に置いた両手を握りしめる。いつも快適な状態にしている座敷にいるというのに、ひたいにじんわりと汗がにじんだ。

「お父さん……、わたし、本気で好きな人がいるんです」

決死の覚悟で出した言葉を、父は顔色ひとつ変えず、眉ひとつ動かさずに聞いている。

感情が読み取れない。このまま話し続けていいものかと臓の腑《ふ》が冷えていくが、話半分でやめるわけにもいかなかった。

「堅気の方です。結婚まででいいから、その人と一緒にいたかったんです。ですが今は、このままずっと一緒にいられたらどんなにいいだろうかと。……十日後に控えた祝言を、断ることはできないかと考えています」

真理亜は紫竜から目をそらさず、声を震わすこともないままシッカリと言いきる。

はたから見れば、度胸のある肝が据わった娘に見えるだろう。さすがは千珠組の娘だと。

しかし真理亜のこめかみからは冷や汗が流れる。握りしめた手も汗でじっとりしていた。

感情を読めないときの父が一番怖いことを、真理亜はよく知っている。

「つまりは、その堅気の男が、祝言を控えた大事な千珠組の娘をたぶらかした、ってわけだな？」

「違います！　わたしからお願いしたのです。一ヶ月間だけ、一緒にいてくれと！」

「で？　あと十日で、おまえたちのママゴトみたいな乳繰り合いは終わるのか？」

「ですから、それは……」

「一ヶ月間だけだとかなんとか。男と女の情ってのは、障害があればあるほど燃え盛るもんだ。真理亜がそこまで言うってことは、相手の男もおまえと別れがたくなっているということだろう。ハッキリ言うが、いまさら祝言を断るのは無理だ。おまえだって、そのくらいよくわかっているだろう」

「……それは……はい……」

「どうする、駆け落ちでもするか？」

真理亜は言葉に詰まる。それも選択肢には入るかもしれない。だが、危険すぎるということも充分にわかっている。

「祝言を放棄して真理亜が逃げれば、親父を怒らせることになる。親父はおまえとその男を捜すだろう。エダの構成員も使って、総動員だ。すぐに見つかる。そうなればどうなるか……わかるな」

「はい」

少しだけ声が震えた。

泰雅には二度と会えないだろう。それどころか、フラワーズファイナンスの社長が行方不明、その後東京湾に浮かんでいた、という事態になりかねない。

そして真理亜は、二度と聖マリアになれなくなる。

「真理亜が堅気の仕事を許されていたのも、聖マリアとして表の顔を保っていられたのも、幼いころから他の組の男どもに顔をさらさず箱入りになっていられたのも、すべて親父の一番のお気に入りだったからだ。おまえが親父に懐いて、一番の孫娘だったからこそ大事にされた。その親父がおまえのためを思って進めた祝言、そこから逃げるのは裏切りであり、……親父の逆鱗に触れる行為だ。そんなことになれば、真理亜は団体系列の〝花屋〟でしかシノギを認められなくなる。おまえが最も嫌がった場所だ」

返事をしようと口は開くのに言葉が出なかった。――刹那、父の眉が下がる。

「真理亜は……私を置いて先に逝った妻に瓜二つだ。……できれば、そんな場所に行かせたくはない」

メガネを指先で上げ直し、紫竜は本を持って立ち上がる。「よく考えろ」とひとこと残して座敷を出て行った。

真理亜一人になった室内で、いつもは気にならないクーラーの稼働音が大きく聞こえる。

凍るほどに胆が冷えたせいか、目頭が焼けるように熱かった。

自分は、なんてことをしたのだろう。

なんて甘いことを考えていたのだろう。

九重頭の一番の孫娘といわれる立場に、すっかり慣れて甘えきってはいなかったか。

真理亜の前ではニコニコしているが、九重頭は本来非情な男だ。裏切りに手加減はなく、構成員の家族でも機嫌を損ねれば容赦はない。

たとえ舎弟の娘であろうと、気に入らなければ〝花屋〟でどんどんシノギを積ませる。

容姿がよくて本人にやる気がある場合は〝花屋〟で優遇させる。

ここでいう花屋は身体を売る風俗店のことだ。

幼いころから、真理亜が知っている組関係の女性たちは、風俗店や夜の飲食店をシノギにしていた。

店のママであったり支配人であったり、キャストであったり。

真理亜は、極道の世界にいる女は大人になれば風俗をシノギにするものなのだと思って育ったのである。

正直、いやだった。

そこで考えたのだ。真理亜の亡き母親は堅気の仕事をしていた。おとなしい性格だったこともあって、着物を縫う和裁の仕事を請け負っていたのだ。

手に職があれば風俗の仕事からは逃れられるのではないか。

そう考えた高校時代。真理亜が通う高校にお花の講師として来ていた師範に弟子入りし、華道家を目指したのである。

亡き母は三次団体の小さな組の娘だった。九重頭のお気に入りで、息子しかいない彼に娘のようにかわいがられていたらしい。

そのおかげで、母に瓜二つといわれる真理亜もずいぶんとかわいがられた。華道家として堅気の仕事を許されたうえ、呉服商の例のように、ときどきさりげなく仕事先を紹介してもらっている。

お気に入りで一番の孫娘であるからこそ、真理亜はこの極道の世界でほどほど自由に生きていられたのだ。

その九重頭を裏切れば、どうなるか。

真理亜を諭し、表情を落としたままだった父が、最後に少しだけ見せた切なげな顔が頭にこびりついて離れない。

あれは父の切実な気持ちだ。

娘に、裏切り者の烙印《らくいん》を押され花を鬻《ひさ》ぐことになってほしくはないと。

頬を一筋涙が伝った。

「……泰雅さん……」

これ以上真理亜が勝手なことをすれば、泰雅にまで危害が及ぶ可能性がある。

彼は堅気の人間だ。そんなことがあってはならない。

そのためには、真理亜が泰雅への想いを振り切り、終わらせるしかないのだ。

＊＊＊＊＊

「もうしわけございませんんんっ‼」

「それは聞き飽きたんだよ」

「三回目だぞ。あとはないぞ～」

必死に土下座をする男と、それをからかい恐怖を煽る二人の男。

フラワーズファイナンスの五階社長室では、回収失敗を犯した代行班の男性社員が呼び出しを受けていた。

この男は以前、二回目の失敗を泰雅に許されていた社員だ。次はないと思ってかかれとまで言われていたのに同じ失敗をした。

脇を固める二人は、すでに教育部屋のドアの鍵を開けてきたらしい。

「三回目はマズイな。どうしますか、社長」

デスクの奥で土下座男を見下ろし、高西は半笑いだ。どうしますかもなにもない。泰雅の答えは決まりきっている。

しかし泰雅の口からは言葉が出ない。どうしたのかとチラッと顔を覗きこんだ高西はギョッとしたことだろう。泰雅はまぶたをゆるめて考え事をしている。心ここにあらずだ。高西にはわかる。

「社長……」

ちょっと困った高西の声は耳に入っている。泰雅はなにか言ってやらねばと思うものの、頭の中がマリアのことでいっぱいで、いつもの冷静な判断力がない。

(マリアが好きすぎて……つらい)

苦しいのだ。寝ても覚めてもマリアのことしか考えられない。この愛を思えば、取り立ての失敗などちっちゃい問題すぎる。

マリアといると心が浄化される。

ゴミ溜めの中から這い上がった人生、真っ当な堅気の人間には決して語れない元極道の泰雅の生きかたを、真理亜は要所要所で肯定してくれる。

修羅場をくぐることを、人情の機微に通じることだと言ってくれた。

昔の傷である刺青を、誇りだと言ってくれた。

マリアの存在そのものが、泰雅の癒やしだ。

離したくない。あと十日ほどの関係だと思いたくない。

しかし、元極道の自分が、あんな澄み渡った清流みたいなお嬢さんを手に入れていいのだろうかという気持ちもある。

マリアは泰雅に好きだと言ってくれたが、泰雅はマリアに「好きだ」の言葉を言っていない。言えないのだ。

結婚前日までの関係。マリアが結婚するという日、泰雅も祝言を迎える。

泰雅が「好きだ」と言えば、マリアはきっと喜んでくれるだろう。自分の結婚を投げ出して、泰雅のそばにいたいと言ってくれるかもしれない。

堅気の娘一人かっさらうなど造作もない。しかし問題は泰雅のほうなのだ。

世話になった九重頭からの勧めで決まった結婚。おまけに相手はちょっと苦手な千珠組のインテリ組長の娘である。

やはり祝言の話は断るなどと言った日には……。

「半殺しくらいで……勘弁かな……」

ポツリと呟いた言葉に、室内の空気が止まる。土下座男は「ひぃぃ」と情けない声をあげながら轢き殺されかかった蛙のように床に這いつくばり、脇の二人は社長の過激な発言に顔を見合わせる。

そこに助け舟を出したのは高西である。

「またまたぁ、社長も言うことが極端ですねぇ。前回見逃したんですから、ここは教育部屋に決まりでしょう。ほら、行った、行った！」

最後のほうで、三人をシッシと手の甲で払う。

二人が土下座男の腕をかかえて引っ張り上げ「半殺しよりはマシだからな。よかったな」と宥《なだ》めながら出て行った。

半殺しという言葉で頭が混乱しているのか、マシだと言われた土下座男は「ありがとうございます～」と礼を口にしながら姿を消した。

「もー、泰雅さん、半殺しとか昔のクセ出さないでくださいよー。焦りました」

高西の笑い声を聞きながら、半殺しくらいでマリアといられるようになるなら安いものだと、泰雅は本気で思う。

離さないでと泰雅にしがみつくマリアを思いだす。あの言葉は、情事の中で快感に浮かされて出ただけの言葉ではないと信じてもいいだろうか。

「半殺し……」

「まだ言ってんですか？　ムカつくのはわかりますけど、そこまでは……」

泰雅の呟きにいちいち答えてくれる高西。苦笑いの彼を袖にして、泰雅は勢いよく立ち上がった。

「よし、半殺しだ！」

「だから、駄目ですって！」

デスクから出て、泰雅はドアへと足を向ける。教育部屋へ乗りこむのかと思いこんだ高西が、ガシッと泰雅の腕を摑んだ。

「ど、どこへ行くんですかぁ！」

焦る高西にニヤッとしてみせ、泰雅は軽く言い放つ。

「ちょっと、半殺しにされに行ってくる。病院送りになると思うから、会社のことは頼んだぞ」

ただじゃすまないのはわかっている。

しかし、悩むよりは行動したほうがいい。

マリアを手に入れるために行動するのだと考えると、俄然《がぜん》気分がいい。泰雅は高笑いをしながら社長室を出た。

……残された高西は、きっと頭に「?」が十個くらいついていたに違いない。


惚れた女がいるから、祝言のことで話をしたい。その旨を電話で伝え、泰雅は九重頭邸へ車を走らせていた。

半殺しにされてくると言って一度社長室を出たのはいいが、九重頭と時間が合わず、結局仕事が終わってから向かうことになってしまった。

一度出て行った泰雅がまた戻ってきたので高西は頭に「?」を二十個くらいつけていたが、終業後に「今度こそ半殺しにされてくる」と言って出てきた。

今日はマリアに会えない日だったので、九重頭に話をつけに行くにはちょうどいい。

接待だったのだが約束が流れてしまった。だから、本来なら連絡すればマリアには会えた。あとから「お仕事じゃなかったのに、どうしてご連絡をくれなかったんですか。わたしに会いたくなかったんですか？」とかわいく拗ねられるのも困るので、……いや、かわいく拗ねられてみたいのが本音だが……とにかく今夜は重要な用件を片づけることにし、単にマリアの声が聞きたくて電話をした。

彼女は、少し元気がなかった……。

『明日、お会いしたときに、お話があります』

直感で、彼女もこの関係が終わる日のことで悩みはじめているのではないかと思い、泰雅は聞いたのだ。

「マリアは、俺と、これからもずっと一緒にいたいと思ってくれるか？」

『駄目です』

潔すぎる即答だった。泰雅でも言葉を失うほどだったが、そのあと、泣きそうな声が聞こえたのだ。

『……泰雅さんと……一緒にいたいです……。本当は、ずっと、貴方と一緒に……』

半殺し、いや、半殺しのさらに半殺しにされてもいい。

絶対、マリアを手に入れよう。――そう誓った。

たとえ半殺しの半殺しにされても、明日はマリアに会いに行こう。

決意を新たにしたとき九重頭組の敷地に入り、表門が見えてくる。高い塀を袖に、総瓦葺《ぶ》きの数寄屋門《すきやもん》。その重厚な門の前に二人の男が立っていた。

一人は体格のいい大男、九重頭だ。もう一人は対照的に、体格はいいがスマートな男。着流しにメガネ。……いやな予感がした。近づけば近づくほど、いやな予感は大きくなる。

五十メートル手前まで来たとき、いきなり左右の茂みから人が飛び出してきた。敷地内に入ったときからスピードは落としていたので問題なく停止し、泰雅はエンジンを切り、車から出る。

飛び出してきたのは五人。いずれも若い男だが、いかにも〝その筋の人間でございますよ〟といわんばかりの風体だ。

肩を揺らしニヤニヤしながら泰雅を睨みつけ、近づいてくる。

「こいつかぁ？　親分さんにわけわかんねぇことぬかしてんのは」

「スカしたツラしやがって」

「千珠の叔父貴が、気に入らねぇからちょっと遊んでやれと」

「いいのか？　カタギだろ、こいつ」

「いいらしい。なにかあっても上手くやってくれるってよ」

泰雅はチラッと門に視線を向ける。

（……なるほど）

九重頭は面白そうに見ているだけだが、その隣は舎弟で千珠組の組長、千珠紫竜だ。着流しのインテリメガネ。表情が読めない厄介な男。昔は九重頭組のブレーンだった。

泰雅の祝言相手である娘の父親。九重頭は、もっとも話をつけなくてはならない相手を呼んでいたようだ。

「望むところだ……」

自然と声が出た。どうせ半殺しの半殺しにされるなら、一番その資格がある人間にされたほうがいい。

「はあ？　なあにブツブツ言ってんだコイツ」

「アタマおかしーんじゃね？」

男たちがケラケラ笑いだす。一人が手に持っていたドスを鞘から抜き、泰雅の頭をぺんぺんと叩いた。

「おかしい頭は切っちまったほうがいいんじゃねーの？」

ケジメとして娘の父親に半殺しの半殺しにされるなら満足だ。しかし、下っ端に遊ばれてやる気はない。

「ビビッてだんまりか？　でかいのは身体だけかよ！」

スーツの襟元を摑み上げようとしたのだろう。泰雅は伸びてきた手を反対に摑み上げ、腹にこぶしを入れた。

　相手がくぐもった声を吐き出すが、つぶさに反応を確かめている暇はない。離した手で近づいてきていた一人を叩き飛ばし、すぐさま背後の一人を蹴り飛ばす。

「ざっけんな‼」

　ただ一人ドスを持った男が強気の声をあげる。ドスを持った手を摑み、引き寄せて腹に膝を入れる。ドスだけをその手から取り上げると、泰雅は最後の一人を体当たりで突き飛ばし、転倒した男の足元でドスを振り上げ……そのまま突き刺した。

「ぎえええええっ！」

　ドスは男の靴に突き刺さっていた。ただ、靴のつま先に刺さっているだけで、足には刺さっていない。大げさな声をあげた男は脂汗だらけだ。

　圧倒的な力の差を見せた泰雅だったが、その首元に刃物が突きつけられる。いつの間に近づいていたのか、かがむ泰雅の横に立ち、喉元に紫竜が長ドスを突きつけていた。

「その手を離せ。おまえは、もうそれを握っていい男じゃない」

　冷静な声。動かない表情。紫竜の言葉に従い、泰雅はドスを地面に落として立ち上がった。

　背後でなんとか立ち上がりジリジリ後退している男たちに向けて、紫竜が「行け」とひとことかける。一人一人門の中へ消えていき、靴を刺された一人もいなくなると、紫竜の横に立っていた九重頭が口火を切った。

「おまえさんの事情は電話で聞いた。俺はな、いいと思うぞ。堅気になって惚れた女、それを守りたい。いいじゃねえか。ロマンってやつだな。祝言の話をしたときにおまえさんが断れなかった気持ちもわかる」

意外だった。まさか、九重頭がこんなに理解を示してくれるとは思わなかったのだ。てっきり制裁が待っているとばかり思っていたのに。

――しかし、直後、理解を示していた顔がニヤリとゆがんだ。

「だから、この件で、おまえさんが一番ケジメを示さなきゃなんねえ相手を呼んでおいた」

それが誰かを言われるまでもなく、泰雅の視線は紫竜に向く。

姿が見えたときから漲っていたいやな予感。

泰雅が警戒しなくてはならなかったのは九重頭ではない。泰雅の申し出により、蝶よ花よと箱入りにしてきた娘を傷モノにされる、千珠紫竜だ。

泰雅は紫竜に向き直ると、スッと頭を下げる。

「ご挨拶が遅くなりました。お久しぶりです、千珠さん」

「久しぶりだな。蝶野の葬儀以来か」

「はい」

「おまえは蝶野のところに来たときから喰えねえガキだったが、堅気になって、まさか私の娘をコケにするほど偉くなるとは思わなかった」

「そういうわけではありません。ですが、ケジメはつけるつもりで参りました」

「だよな」

紫竜が顔を下げる泰雅の後頭部を鷲摑みにする。その体軀からは想像もつかない力で、泰雅の顔を地面めがけて垂直に落とした。

他の者ならば、防ぐ間もなく地面に顔面を打ちつけていたところだ。泰雅はとっさに膝と両手をつき、衝突を免れた。

「天花寺泰雅、手を出せ。利き手の手のひらを上にして、地面に置け」

上から紫竜の声が降ってくる。泰雅は右手を地面に置いた。

「エンコ詰めですか？」

「そんな古いことはしない。堅気のおまえの指なんか切った日にゃ、なにかと絡んでくるポリが喜んですっ飛んでくる」

紫竜の長ドスが泰雅の手のひらの横に突き刺される。ギラリと光る刃が手の横で煌めいた。

　おそらく、紫竜はこのまま柄を倒すだろう。泰雅の手のひらに一直線に刃が喰いこむことになる。

「私の娘は、亡き妻の忘れ形見だ」

　上から紫竜の声が降ってくる。泰雅はそれを顔を動かさないまま聞いた。

「娘が幸せになれるよう導いてやるのが、妻との約束だった。その想いを裏切ることはできない。そして、娘を不幸にする者、娘を傷モノにしようとする者には、それなりの制裁を与える。わかるな？」

　泰雅はこくりとうなずく。自分の右手を見つめる。視界の真横で光る刃は、今すぐにでも倒れてきそうな脅威を放っていた。

「このドスを倒せば、おまえの利き手は動かなくなる。その覚悟はあるか」

「そのくらいは承知のうえです。むしろ、傷ができるだけで済むなら、ありがたい。半殺しの半殺しにされる覚悟でした」

　真っ二つになるわけじゃない。傷ができるだけだ。

　しばらくは痛むだろうし不自由かもしれない。けれど、死ぬわけではないし、マリアを愛してやることはできる。

（こんなもんでいいなら……）

「ひとつ聞く」

まるで死刑執行前のよう。紫竜は厳しい声で問いかけた。

「おまえが、私の娘を馬鹿にしてまで一緒になりたいその女、……おまえは、なにがあっても一生、守り抜けるのか？」

「なにがあっても。たとえ、この先、千珠さんたちに追いこみをかけられようと。俺は、俺の女を守ります」

顔を上げ、泰雅は紫竜を真っ直ぐに見て宣言する。

紫竜の無表情が、ふと、口元を上げた……。

「よく言った。――泰雅」

紫竜が、長ドスの柄を倒した――。

第四章　嘘と真実と純愛と

――どうしてこんなに、好きになってしまったのだろう。

泰雅との待ち合わせ場所に向かうタクシーのなか、真理亜はぼんやりと考える。

銀行で初めて声をかけられたときから、素敵な人だなと思っていた。

全身が痺れるような衝撃。自分でもそれがなんだかわからなかったけれど、この人に惹かれているんだと、無条件で理解した。

生まれたときから周囲にいたのはヤクザな男たちばかり。真理亜の感覚として、世の中の男は本当に汚いことも知っているヤクザな男と、表面上の汚いことしか知らない堅気の男、のふたつしかなかったのだ。

真理亜の好みも、どちらかといえば男気のある人情味あふれた極道系だった。堅気の男に興味を持ったことなどなかったはずなのに。

泰雅は堅気の男だ。大人で、紳士的で、大きな包容力を持っている。

彼のそばにいると、とても落ち着くし楽しい。全身の血が嬉しがって、心地いい。――なぜだろう。

泰雅は堅気だが、生きることの酸いも甘いも知っている。普通に生きていれば知りえることのない世界を知っている気がする。

翳《かげ》のある男という言いかたをするとかっこいいが、人生の陰の部分を知っている人だ。

真理亜を抱く腕は情熱的で蕩《とろ》けるような荒々しさがあり、いつもの紳士な彼とはかけ離れている。

極道のような男気を感じさせるときがあって、でもそれは口に出してはいけないこと。

真理亜にとって何気ない言葉でも、堅気の彼にとっては違う。

でも、そんな彼だからこそ、よけいに惹かれてしまうのかもしれない。

……こんな想いは、捨てなくては……。

真理亜の軽率な言動のせいで、泰雅を危険にさらすわけにはいかない。

もしも泰雅と生きていけるなら、九重頭が放つ追っ手から一生逃げ続ける生活にも耐えられる。

逃げ続けられれば、だが。

（……きっと、無理）

都庁をはじめ、高層ビルや一流ホテルが建ち並ぶ光景をバックに位置する中央公園。その出入口でタクシーを降り、真理亜は待ち合わせ場所に指定された〝滝〟の前へ向かった。

時刻は十九時。明るい時間帯は家族連れや散歩をしている人、観光客などでなごやかな雰囲気の漂う公園も、この時間になると男女の二人連れが目立つ。

手を繋いで歩く恋人同士が目に入り、ふっと懐かしい感覚に囚われた。

悩みを聞いてもらうために、初めて泰雅に食事に誘われた日。待ち合わせまでの時間を潰すために歩いていた公園でたくさんの恋人を見かけた。

手を繋ぎ、腕を組み、肩を抱いて。そんな普通に憧れた日、泰雅と手を繋ぎ、身体を繋いだ。

嬉しくて、幸せで……。どんどんどんどん、彼を好きになり続けた。

そんな泰雅に、真理亜は今日、終わりを告げるつもりだ。

昨日、父から諭され、もうこれ以上の我が儘を通すことはできないと悟った。

厳しいことを言った父だが、いつも真理亜をかわいがってくれていることを考えればつらかったに違いない。立場的に九重頭には逆らえない。

父のためにも、組のためにも、そしてなにより泰雅のために。この想いは、永遠に封印すべき。

昨夜はデートはなかったのだが、電話をくれた。大事な用事があるから会えないけれど、声が聞きたかったと言ってくれて、嬉しくて涙が出た。

『マリアは、俺と、これからもずっと一緒にいたいと思ってくれるか？』

『駄目です』

泰雅に問われ、反射的に口から出た。父に諭されたことがずっと頭から消えなくて、泰雅に別れを告げなければとそればかりを考えていたときにそんなことを聞かれれば、否定する言葉しか出せない。

泰雅も言葉を失ったのか沈黙が続いた。ショックを受けているのだろうか、失望させているのだろうか。

涙がぽろぽろ流れ、自分のことなのに感情がコントロールできない。

一緒にいたいに決まっている。

ずっと、ずっと、泰雅と一緒にいたいのに……。

終わりになんかしたくないのに……。

『……泰雅さんと……一緒にいたいです……。本当は、ずっと、貴方と一緒に……』

本音を口にしてしまった真理亜に、泰雅は今日の待ち合わせ場所を告げ、彼の言う「大事な用事」に向かったのだ。

父は昨日の夕方から九重頭組へ行っている。二日三日留守にするとのことだったので、今夜は泰雅とすごす最後の夜になるだろう。

(今日で、最後……)

下を向いていると涙が落ちてきそうだ。真理亜は意識して顔を上げる。

公園内の水の広場に入ると、すぐに待ち合わせ場所の滝が見えた。

滝といっても自然のものではなく一種の噴水だが、高さ五メートル、幅三十メートル越えの石壁を水が落下する。近づけばかなりの迫力があり水飛沫を感じ、暑い夏にはうってつけの涼を感じられるスポットだ。

街灯の灯りと滝のライトアップでどこか幻想的にも見える。その滝の前に、泰雅が立っていた。

「マリア」

彼はすぐに真理亜に気づく。微笑んで手を上げ、駆け寄る真理亜に合わせて数歩寄ってきてくれた。

「いつも泰雅さんのほうが早いですね」

「当然だ。早くマリアに会いたくて、約束の時間よりはるかに早く来るから」

「早く来てもいないのに。時間が経つのが遅くてイライラしませんか?」

「しない。ずっとマリアのことを考えているから、かえって時間が足りない」

「どうしよう、嬉しいです」

二人でアハハと笑い合う、まずまずなごやかなスタートを切れてホッとした。ずっと考えこんでいるから、泰雅の顔を見ても笑えなかったらどうしようと思っていたのだ。

彼は今日も素敵だ。凛々しい双眸も微笑みかけてくれる官能的な唇も。サイドを適度に流した髪はさっぱりしていて清々しく、蒸し暑い夏の夜でもシッカリと三つ揃えを着こなしている。

着る人を選びそうなアッシュグレイのスーツも、堂々とした彼にはよく似合う。今夜の真理亜は白緑のワンピースなので、少し色味が似ている気がする。おそろい、と思うと密かに気分もいい。

「……だが、昨夜は少し……イライラした」

先に声を落としたのは泰雅だった。しんみりとしたトーンに、真理亜も笑い声を止める。

「マリアが泣いているのに、抱きしめに行ってあげられなかった」

「泰雅さん……」

泰雅の手が真理亜の頬を撫でる。おとがいで止まり、顔を上げさせられたのと同時に彼の唇が近づき……。

「マリア」

「はい」

「俺と結婚してくれ」

唇が重なる。驚きのあまり真理亜はまぶたを閉じるのも忘れ、反対に大きく見開いてしまった。

唇が離れても、真理亜のまぶたはゆるんでくれない。

「俺も、マリアと離れるのはいやだ。ずっと、一生、死んでも一緒にいたい」

「泰雅さん……」

涙腺がゆるみかかる。しかし、ここで流されてはいけない。

泰雅の言葉はこのまま死んでもいいほど嬉しいけれど、真理亜は今日で終わりにするつもりでここに来たのだ。

「無理です、泰雅さん、わたしは今日……」

「今日で終わりにしようと思ったとか、言うな」

真理亜の言葉を察したかのよう。おとがいにかけたままの親指で、彼女の唇を押さえた。

「おまえに深い事情があるのはわかる。俺がマリアの親にも結婚相手にもサシで話をつけに行く」

「そんなの無理……」

「絶対に納得させる。俺を信じろ」

無理……じゃないかもしれない……。本当に、説得できるかもしれない。

そう思うのは、決意を込めた彼の瞳に、堅気の人間にはないなにかを感じたからだ。

ゾワゾワっと真理亜の中に流れる血が騒ぐ。

どうしてこの人といると、いつもこんなに血が滾るのだろう。

（まさか……泰雅さんは）

「ただ、ひとつだけ問題がある」

あらぬ考えが浮かびそうになるが、泰雅がそれを阻む。彼は真理亜から手を離し、自分を親指で示した。

「といっても、マリアのほうじゃなく俺のほうだ。もうひとつ、クリアしなくちゃならないことがあって、それが済んだら、もう一度プロポーズさせてくれ。今度は花束と指輪を持って、マリアに跪《ひざまず》いてプロポーズする。返事はそのときでもいい。まあ、わかりきっているけど」

ロマンチックなような、でも芝居がかっていて滑稽なようなプロポーズのビジョンだ。けれど、泰雅ならきっと、かっこよく素敵に決めてくれる気がする。

「絶対にクリアするから。マリアを幸せにできるのは俺しかいないと思ってる。そうだろう?」

こんなセリフを、こんなに自信たっぷりに言えるなんて。自信過剰だ。でも、とても頼もしい。

「俺を幸せにできるのもマリアだけだ。これはもう、夫婦になるしかない」

笑いだしてしまいそう。嬉しくて嬉しくて。昨日あんなに悩んで泣いたのに。それさえも忘れてしまう。

真理亜は泰雅の両手を取る。指が長くて男らしい大きな手。いつも真理亜を愛してくれる大好きな彼の手。

これからもずっと、手を繋いでいたい……。

「泰雅さん、わたしも……」

「おーい、妹さーん。せんじゅのいもうとさーん」

聞こえてきた声に、真理亜の言葉も動きも止まる。抑揚なく発せられた言葉は、意識しなければなにを言っているのかわからないだろう。

しかし真理亜にはわかった。「千珠の妹さん」と言ったのだ。

とっさに振り返りながら軽く腕を広げ、泰雅を庇う姿勢を取ってしまう。マリアらしくない、と感じたが、それを意識する余裕はなかった。

近づいてきたのはアロハシャツやタンクトップ姿の男たち、ともに十代から二十代といったところ。口角は上がっているが、いやらしい目でこちらを睨めつけてくる。

千珠、という言葉を使い、真理亜に向かって「妹さん」と言ったことを考えれば、どういった人間かお察しである。

「ひゃぁ〜、マジでイイ女じゃん。かぁわいいっ」

先頭にいるアロハの男が真理亜の顔を覗きこみ下品な声をあげる。すると、アロハはシヤツの襟首を摑まれ横に投げ飛ばされた。

「女性に失礼だ。礼儀も知らないのか。モテないぞ」

そう言って汚れを落とすかのように手を払ったのは泰雅だ。先頭を切っていた男がやられたせいで他の四人が殺気立っているというのに、泰雅の余裕たるや。

（えええええ〜！　泰雅さん、かっこいいっ！）

不覚にも胸がきゅううぅんとする。……してから、ハッとした。

ときめいている場合ではない。このチンピラもどきたちは、兄のことを知っている。なにより今、真理亜が名前を出されると困る「千珠」に用がある人間なのだ。

「すみません泰雅さん、この人たち、兄の知り合いみたいで……」

「お兄さん？」

「ええ、それでわたしに用があるみたいなんです」

「そうそう、俺たちが用があるのはこの子だけ！　そこのでっかいのは引っこんでろ！」

投げられたアロハがよろよろしながら立ち上がり突っかかってくる。ギロッと泰雅に睨まれ、すすっと二歩ほど引いたあと目標を真理亜に戻した。

「あんたの兄さんのことで話があるんだけど、ちょっとつきあってくんねえかな。歩いてすぐだし、すぐ終わるから」

「どういったご用件です？」

「それは、来てもらってから、上のモンが話すから」

つまりこの男たちは使いっ走りだ。真理亜一人なら無視して振り切ることもできるのだが、泰雅が一緒ではヘタなことはできない。

いつまでもモタモタして、また千珠の名前でも出されたら堪ったものではない。

「泰雅さん、わたし、ちょっとお話を聞いてくるので待っていていただけますか？　兄のことなので放ってもおけないので」

「わかった」

納得してもらえてホッとする。どこに連れて行かれるのかは知らないが、泰雅の視界から外れたら逃げればいい。撒《ま》くのは得意だ。

見るからに使いっ走りのチンピラ。造作もない。

「俺も行く」

「ええっ！」

「はああっ!?　なに言ってんだテメェ！」

躊躇なく出された泰雅の言葉に驚きの声をあげると、アロハまで対抗した。しかしまたもや泰雅にギロリと睨まれ、撤退する。

他の仲間に「しっかりしてくださいよ」「早く連れて行かないと怒られますよ」などと言われているので、本当に下っ端の集まりで、ここではアロハがリーダーなのだろう。たいしたことはなさそうだし、充分に撒く自信はある。真理亜は泰雅に向き直った。

「泰雅さん、大丈夫ですから。ここで待っていてください」

「馬鹿、マリア、男についてこいと言われてホイホイついて行くな。なにをされるかわかったものじゃない」

「ですが、今回は兄のことなので」

「そんなのは口実かもしれないだろう。マリアはむちゃくちゃかわいいんだから、もう少し危機感を持て」

「ですが……」

「それに、マリアをあんなセンスの欠片もない男たちが取り囲むのかと思ったら吐き気がする。俺のマリアが穢れるだろう」

「泰雅さん……」

「マリアは、俺だけのマリア様だからな」

「あーーーー！　もう！　いいよ、わかったよ！　テメェもついてきやがれっ！　さっさと行くぞ、おらぁ！」

放っておいたらいつまでたっても移動できないと思ったのかもしれない。アロハが辛抱キレたといわんばかりに叫ぶ。

泰雅は満足そうだが、真理亜の心の内は冷や汗ものだ。

（どうしよう……ヤクザの娘ってばれちゃいそう……）

泰雅は真理亜にプロポーズをしてくれている。彼が言う「もうひとつクリアしなくてはならないこと」が上手くいけば真理亜の父と話をすることになるのだろうから、真理亜が極道の娘であることはいずれ知れる。

それでも、この状況はよろしくない。兄の知人なら名前を名のる。この男たちを使って真理亜を呼び出しているのは、間違いなく敵対している側の人間たちだ。

泰雅を危険にさらすことになってしまう。

アロハを吹っ飛ばしたのを見ても彼は腕に覚えがあるようだが、堅気の喧嘩とヤクザの喧嘩は違う。

考えることしかできないまま、五人に囲まれて歩きだす。ただ、真理亜の背後にはピッタリと泰雅がついていて、さわるんじゃねえぞとばかりに前後左右を注視していた。

（もしかして泰雅さん、ボディガードの仕事とかしていたのかな）

さもありなん。迫力がある人だし、腕も立つようだし、だとすれば背中の古傷というのも、仕事中に危ない目に遭ったと解釈できる。

そうかもしれない。泰雅がボディガードと考えるとかなり納得がいく。

そんなことを考えているうちに公園の裏に出る。大きな道路を渡ると、住宅や商店、飲食店が建ち並ぶ通りが続く。路地のひとつに入り、古い飲食店の看板が並ぶなか、アロハがそのうちのひとつのドアを押した。

「連れてきやした！」

睨まれてアワアワしていたときとは打って変わった、しゃっきりとした声だ。

「ほぅ」

「へーぇ」

泰雅と真理亜が同時に感心した声を出したせいか、アロハはムキになって顔を向けた。

「な、なんだよ、上のモンにはちゃんと挨拶しないと怒られるだろ！」

悪戯っ子並みの言い草である。そこに泰雅がひとこと釘《くぎ》を刺した。

「挨拶は誰にでもきちんとするものだ」

アロハがビクッとする。上のモン、というところからすれば泰雅は社長なのだから、かなり上のモンだ。……アロハは挨拶をちゃんとしなくて先生に怒られたタイプなのかもしれない。

「千珠真理亜」

次にビクッとしたのは真理亜だった。それどころか内臓に冷水を引っかけられた気分だ。今、確かに名前を呼ばれた。幻聴だと思いたいが、泰雅が「千珠？」と不思議そうに呟いたので幻聴ではない。

(落ち着け、名前を呼ばれただけ。泰雅さんは堅気の人だもの。千珠なんて極道は知らないはず)

大きく息を吸って静かに吐きながら、真理亜は店内に視線を這わせる。

カウンターと奥にL字型のボックス席。カウンターに置かれた数脚の椅子は木製でずいぶんと古い。

バーのようだが、現在は営業していないのかもしれない。床やカウンターが埃《ほこり》っぽい。それでもカウンターの中にはアルコールの瓶が豊富だった。

ボックス席のソファで両腕を背もたれにかけ、両脚を横柄に開いて座る男。その脇に二人。近くのカウンターに二人。こっちの五人は全員スーツ姿だ。スーツといってもインナーはシャツかタンクトップだ。

二十代後半、三十代か、それ以上にも見える。面構えも目つきも、ここへ連れてきた下っ端たちとはまったく違う。これがアロハが言うところの、上のモンなのだろう。

「噂どおりのベッピンだな。写真で見るよりイイ女だ」

一番態度が大きい男が口を開く。先程真理亜の名前を呼んだのと同じ声だ。おそらくこの中での兄貴分だ。

（周囲を固めるのが子分？　ここまで連れてきた人たちは下っ端っていうより、ただのその辺にいたチンピラって感じだし）

なんにしろ長居は無用。真理亜は早々に話を切り出す。

「あなたはわたしをご存知のようですが、わたしは存じません。兄のことで話があると伺いました」

兄貴分の男はちょっと驚いた顔をし、周囲の子分も一緒に笑いだす。

「こりゃいいや。噂どおり度胸の据わった女だ。こんな場所に連れてこられて少しもビビっちゃいねぇ」

「千珠の娘は、組長の父親や若頭の兄貴を尻に敷いてるっていうからな！」

「オレもあのケツにならら敷かれてぇな！」

ソファの三人は大盛り上がりだが、真理亜の気持ちはダダ下がりだ。よけいなことを言うな。そんな思いでいっぱいになっている。

背後にいる泰雅も、この会話を聞いている。千珠の名前だけなら、なんのことだかわからないだろうからギリギリごまかしようがあったというのに。

組長の父親やら若頭の兄貴やら口に出されては、もうなんの言い訳もできない。

泰雅に、真理亜が極道の娘であることが知られてしまう……。

「あんたの兄ちゃん、あのヤンチャなガキによ、言っといてくれ。シノギの邪魔だって。舎弟引き連れてウロウロしすぎなんだよ」

どうせ知られるにしても、自分の口から言いたかった。堅気の仕事をしている理由をシッカリと説明して、父や兄の話をしたかった。

膝を突き合わせて真剣に話をすれば、泰雅はきっとわかってくれる。彼は、情に厚い人だ。

「千珠組はよぉ、組の規模のわりにはシノギの幅広げすぎなんだよ。組長が頭よすぎるっていうかよぉ、いらねぇオツムだろぉ？　終いにゃ、娘にお花の先生やらせて、世間様を欺くにも限度ってもんがある」

狭い店内に大きな笑い声がこだまする。笑っているのは奥の五人だけだ。真理亜が逃げないよう背後を固めている下っ端たちはなんの音も出さない。

そして背後にいるはずの泰雅も、驚いているのか声を出すどころかピクリとも動かない。

「だからちょっとシノギを縮小させてやってんのに。なにかと邪魔しやがって。ほんとクソガキだ」

真理亜はショルダーバッグのストラップを両手でぎゅっと握りしめる。

紫桜が手こずっていたシマ荒らしだ。隠れ家をコロコロ変えるからなかなか捕まらないと言っていた。

「まあ、あのクソガキが、邪魔だって言われて簡単に引き下がるわけもないし。妹のアンタでも使えば手をゆるめるだろう」

「手始めに、妹が裸にひん剝かれた写真でも送ってやろうか」

「ひん剝くだけじゃ済みそうにないな。上物だぞ」

「いいんじゃないのか、あの組長が血相変えるところ見てみたいな」

「おいおい、タマ取られんぞ」

「どっちのタマだよ」

勝手に盛り上がっている声を聞きながら、真理亜は内側から湧き上がってくるものを感じる。

もう駄目だ。

ここまで聞かれては、もうごまかしようはない。泰雅はもう、気づいただろう。彼が好きだった〝聖マリア〟は張りぼてだ。千珠真理亜の、隠れ蓑でしかない。

――終わりだ。

「泰雅さん……」

笑い声が満ちるなか、真理亜はポツリと呟く。真うしろにいる泰雅にしか聞こえないほどの声だった。

「ごめんね、わたし、貴方が好きになってくれた女の子のままでいたかった。――貴方の前では、かわいい女の子でいたかった」

泰雅の顔が見たかった。けれど振り向けない。彼がどんな顔をしているのか見るのが怖かった。

真理亜は一人歩を進め、バッグのストラップを斜めがけにする。店の中央ほどで立ち止まるとカウンター席の椅子を一脚両手で持ち……。それを、カウンター内に勢いよく放り投げたのである。

木製の椅子は意外に軽く、真理亜の力でもいい感じに吹っ飛んだ。アルコールの瓶やグラスが割れる激しい音が響き渡る。椅子は壁やカウンターにぶつかり床で跳ねて、不快な音が長く引いた。

笑い声がなくなったとき、真理亜はしゅっと柳眉を吊り上げ、声を張る。

「ずいぶんと勝手なことを言ってくれる。うちの組に詳しいみたいだけど、あんたたち、カチコミで千珠に潰された組の残骸だね？」

真理亜の雰囲気が変わったことに驚いたのだろう。カウンターの二人がいち早く立ち上がった。

「うちの組長を馬鹿にすることも、若頭をコケにすることも、わたしが許さない！　あんたらみたいに人のシマにタカる害虫に、少しでも千珠が屈すると思うな！」

「このアマぁ！」

立ち上がった二人が真理亜を捕まえようと手を伸ばす。かわそうとした身体は、うしろに勢いよく引っ張られた。

一瞬だった――。

うしろに引かれた真理亜とスライドして泰雅が前に出る。カウンターの椅子を片手で摑んだ彼は、まるで野球のバットのようにそれを振りきり、真理亜を捕まえようとした男を吹っ飛ばしたのである。

狭い店だ。吹っ飛ばされた男はすぐに壁に激突し、そのまま床にくずおれた。

「こいつにさわるな。ケツに敷かれたいだのひん剝くだの、クソムカつくことばかり並べたてやがって」

泰雅はそのままもう一人に顔を向ける。彼の雰囲気がいつも以上に変わったことが気になりながらも、真理亜は泰雅を止めようとした。

「やめて……！　泰雅さんは強いのかもしれないけど、堅気の喧嘩とヤクザの喧嘩は違うの！」

「そんなもん腐るほど知ってるさ！」

持っていた椅子を膝に打ちつけ叩き壊す。あまりにも派手な行動に、背後にいたアロハたちが「ひぇっ！」と声をあげた。

壊れた椅子の脚の部分をもぎ取り、残りを踏みつけて泰雅は真理亜を振り返る。

「ステゴロ《素手》で喧嘩はしねえよな。素人じゃあるまいし」

（え……？）

振り返った泰雅の鋭さに、ゾクッと血が騒ぐ。まさかの想いが大きく膨らみ上がったとき、彼は椅子の木片をまるで長ドスのように振り上げ、焦ってドスを引き抜こうとした男に飛びかかった。

「ヤクザの喧嘩は、ヤッパ出してナンボだもんなぁ！」

上から叩くと見せかけ、泰雅は男のすねを蹴り飛ばす。あお向けに倒れた男の股間近くに木片を落とすと、脚のあいだめがけて一気に踏み抜いた。

「ひぎゃぁぁっ！」

男が爪でガラスを引っ掻いたような悲鳴をあげる。股間を押さえて身体を丸めた。

「おまえだよなぁ、ひん剥くだけじゃ済まない、とか言ったの。タマ、無事だといいな」

泰雅の口調に情けはない。男が落としたドスを拾い上げ、ソファから立ち上がった三人に目を向けた。

「テメエらみたいなゲスは、ふたこと目にはイイ女だイイ女だってきったねぇ目で見やがって。イイ女なのは当然だろうが」

ドスをカウンターに置き、泰雅は勢いよくスーツの上着とウエストコートを床に叩きつける。高揚する気分のままにネクタイをむしり、最後にシャツを剝ぎ取った。

「なんてったって、千珠真理亜は俺の嫁だからな！」

真理亜は目を瞠《みは》る。

アロハたちが「うわぁ、かっけえ！」と歓喜の声をあげた。

真理亜も声をあげたかった。

それどころか、初めて見た泰雅の背中に抱きつきたかった。

目の前に現れた彼の背中には、羽ばたく青い蝶の刺青が彫られていたのだ。

(泰雅さん……！)

真理亜の中に大きな感動が湧き上がった。

堅気だと思っていた泰雅の背中に刺青があった。真実を前に、この胸を貫かれたような痛みは、失望や驚愕《きょうがく》ではない。

喜びだ。全身を包みこむ感動。

ほら、そうでしょう。やっぱりそうだったでしょうと、真理亜の中のなにかが大はしゃぎしている。

本能で彼に惹かれずにはいられなかった理由が、やっと理解できた気がする。

「真理亜」

泰雅が肩越しに顔を向ける。——青い蝶と彼の鋭く艶のある眼差しが融合して、なんて素敵なんだろう。

「すまねえな。俺も、おまえが好きだって言ってくれた大人の紳士でいたかった。おまえの前では、カッコイイ堅気でいたかったよ」

「泰雅さんは、充分にかっこいいです。だって、わたしの……わたしの、旦那だもん！」

ふっと嬉しそうに笑って、泰雅はカウンターに置いていたドスを手に取る。泰雅の様子を窺いながら、兄貴分がドスを抜いた。

「俺は、今は堅気だ。堅気の俺が持つもんじゃないと、昨日義父に教えられた。義父……千珠の組長は、心根のできた素晴らしい人だ。そんな義父をコケにされたんじゃ黙ってられねぇ。ドスでもチャカでも持ってやる」

泰雅は父に会っているらしい。それも昨日。彼の大事な用とは、九重頭のところにいる父に会うことだったのだろうか。

先程は一瞬、プロポーズしてくれている関係だから「俺の嫁」と言ってくれたのかと思ったが、こう考えるとそもそも祝言の相手とは泰雅だったのではないのか。

昔は極道で今は堅気の男。真理亜好みの渋い鬼畜だと九重頭は言っていた。

顔も名前も知らされなかったばかりに豪い思い違いをし合っていたが、祝言を挙げるために引き合わせられるはずだった二人は、すでにめぐり合い必然的に惹かれ愛し合っていた。

（泰雅さんが……）

「やだっ、もうっ、嬉しすぎるっ！」

滾る興奮を抑えきれないまま、真理亜は片手を横に振る。身を乗り出して見ていたアロハの顔面に直撃したらしく「ぐはっ」と言って床に落ちた。

「あ……姐さん……ひどいっす」

「あ、ごめん」

つい謝ってしまったものの、なぜ姐さん呼びなのかとも思う。見ると、アロハの仲間たちもワクワクした顔で泰雅を見ている。もう真理亜を見張るとかそういった雰囲気ではない。

使いっ走りのチンピラたち。こんな本格的な光景を見るのは初めてなのかもしれない。刺青を見て歓喜していたように、彼らの目は泰雅に釘づけだ。

好きな人が尊敬されていると思うと真理亜まで嬉しくなるが、しかし今はなごんでいる場合ではない。

相手方の他の二人もドスを抜き、兄貴分の半歩前に出ている。泰雅が間合いを取っているのがわかるが、こんな狭い場所で三対一、それも刃物を持っての接近戦。

もし手前の二人が同時にかかってきたら……。

泰雅ならなんとかできるのかもしれないが、愛する人の危機に黙っていられるはずがない。

真理亜はそっとカウンターに近づき椅子に片足をかけた。

「姐さん？」

真理亜の行動を不思議に思ったのかアロハが声をかけてくる。しかし真理亜は構わず、ジッと泰雅だけを見つめた。

（まだだ……まだ……もう少し……）

心の中でタイミングを計る。

泰雅の背中、蝶の羽を見つめ、彼と呼吸を合わせる。

ふわっと、彼の肩甲骨と一緒に蝶の羽がはばたく。――同時に真理亜は椅子にかけた足を踏みきり、カウンターに飛び乗った。

目をつけていた丸型のアルコール瓶を摑むのと、子分二人がドスを振り上げたのが同時。

真理亜は瓶を泰雅の左側から来ていた男に投げつけた。

瓶は顔面にヒットし、男は痛さにバランスを崩し勢いが落ちる。片方だけに集中できるようになった泰雅は目の前に迫った男のドスを弾き飛ばし、後頭部を摑んで思いきりカウンターテーブルに叩きつけた。

（あっ、あれ、お父さんがよくやるやつだ）

父と同じ技を繰り出す泰雅にきゅんっとして……いる場合ではない。

テーブルに顔で血判を捺《お》して床に伸びた男はともかく、真理亜が投げた瓶のせいでタイミングを外した男は、体勢を立て直し怒りに身を任せ、泰雅に刃先を向けてかかってきたのだ。

泰雅は身をひるがえして刃先をかわし、男の首のうしろに肘を落とす。床に垂直に落ちた背中を繰り返し踏みつけた。

「真理亜！」

「はいっ！」

泰雅に呼ばれとっさに返事をする。振り向いた彼が、なんともいえない剣呑とした顔で笑顔をくれた。

「アシスト、サンキュー！　あのタイミングを計れるなんて、さすがだな。俺の嫁は世界一だ！」

（いやあああ！　泰雅さんっ、そんな素敵な顔をされたら、わたしシンんじゃいそう‼）

実際は人を殺しそうなくらい冷淡で剣呑とした笑みだ。アロハたちなど「ひぃぃぃ」と声をあげながら固まっている。

そんな顔でも、真理亜にはかっこよくて素敵で堪らない。眺めているだけで絶頂まで達してしまいそうだと思う。

……渋い鬼畜が好みなのは、やはり間違いではないようだ。

「クソっ、早いとこ真理亜を抱きたくて仕方ねえ！　さっさとカタつけるぞ！」

嬉しすぎる咆哮《ほうこう》をあげ、泰雅は最後に残った兄貴分にドスを突きつける。

兄貴分にしてみれば予想外にもほどがある。使いっ走りのチンピラ連中はすっかり泰雅の迫力にやられているし、子分たちは伸され、千珠組の動きを封じるどころか娘の旦那だかなんだか喚く堅気の男が出てきて暴れ回っている。

「カタギに堕ちた腰抜けが！　いい気になってんじゃねぇ‼」

テーブルに載っていたグラスを泰雅に向かって投げつける。兄貴分としては、泰雅がグラスをよけようとするところを狙い、刃先を向けて突っ込んでいくつもりだったのかもしれない。

しかし泰雅はよけなかった。それどころかグラスを身体に受けながら自ら突っこんでいったのである。

「泰雅さん！」

真理亜がカウンターから飛び下りる。アロハが焦った声で「兄貴！」と叫んだ。

刺し違いになると誰もが思った。体当たりをした泰雅が兄貴分をボックス席の奥に追いつめたところで動きが止まる。彼の背中しか見えない。兄貴分がソファに腰を落とす。真理亜が駆け寄ろうとしたとき――。

「極道にもカタギにもなれなかった半端モンが！　いつまでもイキっててんじゃねぇ！」

泰雅が兄貴分のドスを持つ手をひねり上げながらソファに押しつけ、自分が持つドスを肩に突き刺したのだ。

「うぉぉっ！」

悲鳴とも叫びともつかない声をあげて兄貴分がドスを落とす。それを素早く拾い、さらに反対の肩にも突き刺した。

「一度お天道様に背を向けた人間が、もう一度お天道様を仰いだときの感動は……テメェらみたいなクズにはわかんねえよ……。そんな人生を歩ませてくれた、恩師も持てなかった奴にはな」

泰雅の声が、少しつらそうに聞こえた。真理亜が数歩彼に近づく。

「泰雅さん……」

彼が兄貴分を刺したのかが気になった。誰の目にも肩を突き刺したように見えたからだ。

泰雅が立ち上がり、振り返る。兄貴分は両肩にドスを刺されソファの背もたれに張りつけられている。大きく目を見開いて、今にも泡を吹きそうだ。

血は出ていない。どうやら、上手いことスーツにだけ突き刺したらしい。

「刺したと思ったか？」

あんぐりと口を開けて張りつけられた男を見ていると、泰雅に顔を覗きこまれる。ついでに開きっぱなしの口の中に指を入れられて下の歯を叩かれた。

口を閉じるに閉じられず、真理亜は泰雅を見ながら小さくうなずく。彼は困ったようにハハッと笑った。

「刺してもよかったんだけどな。〝一応〟堅気なんで、ヤクザの鉄板道具で殺傷に及ぶのは避けようかなと」

指が離れ、真理亜はぷぷっと噴き出してしまった。

「ここまでやっておいて、それ言いますか」

からかうように言ってから、ホッと安堵《あんど》の微笑みを向ける。

「でも、よかったです。刺し違えたかと思いました」

「そんなヘマはしない。祝言まで十日もないのに、今入院していられないだろう？　新婚生活が楽しみすぎる」

「泰雅さん……」

こんなときではあるが、ついでに二人きりではないが、見つめ合い、実にいいムードである。しかしそのとき、いきなり店のドアが勢いよく開いた。

「うわぁぁ！」

驚きの声が数名ぶん響き渡る。アロハたちだ。ドアの前でたむろっていたのだから、これは仕方がない。

そのあとには、とても馴染みのある声が響いた。

「おぅ！　やっと突き止めたぞ、シマ荒しのクソが！　今日こそ畳んでやるから覚悟しやがれ‼」

木刀を片手に勢いづく筋肉隆々の男。紫桜だ。背後には若衆が控えている。

「兄さん」

一番に目がいったのだろう。紫桜は真理亜を見つけて目をぱちくりとさせる。次に一緒に立つ泰雅を見てギョッとするものの、店内の様子が目に入って眉を寄せた。

「真理亜、なんでここに……。ついでに、なんだよ、このありさま」

「見たままです」

「いや、ここは例のシマ荒らしのクソッたれどもの本拠地らしくて。ここなら間違いないって……。それで来たんだけど……」

紫桜はなにがなんだかわからないといった顔をしている。

勢いづいて来てみれば、妹がいて、上半身裸の男と、若い男が数名。そして、いかにも乱闘あとでございますといった店内。

「どういうことだ、こりゃぁ」

「ちょうどよかった。この人たち兄さんに引き渡しますから、煮るなり焼くなりケジメつけさせるなり、好きにしてください」

「真理亜？　兄さんって？」

泰雅が口を挟む。真理亜は紫桜に向けていたものより何倍もかわいく微笑んだ。

「わたしの兄。千珠組の若頭」

すると泰雅は素早く紫桜の前に出る。持っている竹刀も叩き落とす勢いで両手をガシッと握りしめ、礼儀正しい挨拶をした。

「初めましてお義兄さん！　天花寺泰雅と申します！　真理亜さんと祝言を挙げさせていただきます！　俺は、真理亜さんを愛しています！　この気持ちは一生、死ぬまで、いえ、死んでも変わりません！　結婚を、許してくださいますよね!?」

「えええええええええっ！」

紫桜が驚愕の声をあげる。驚いている、というのとはちょっとトーンが違った。

（兄さん……ビビッてる……）

懸命にその雰囲気を出さないようにしているが真理亜にはわかる。泰雅に詰め寄られ、紫桜はちょっと慄き気味だ。

無理もない。紫桜より背も高ければ身体つきもいい。そしてなにより正面から見てもわかる刺青の派手さ。

背中だけではなく上腕にもガッチリ墨が入っている。紫桜も刺青はあるが、ここまで派手ではない。

渋い鬼畜顔の迫力満点の男前が真剣な顔をして詰め寄ってくるのだ。驚くより怯《ひる》むだろう。

「お義兄さん！　これからよろしくお願いいたします‼」

「わかった、わかった、わかった！　なんだかよくわかんねえけどわかったから‼」

おまけに、明らかに自分より年上とわかる泰雅に「お義兄さん」呼びをされれば、紫桜も堪ったものではない。

とにかくこれは理解を示さなくてはと思ったのか、早口で了解した。

「ありがとうございます！　お義兄さん‼」

泰雅の迫力で紫桜は脱力しかかっている。両脇についた舎弟がガシッと彼を支えた。

紫桜の手を離し、泰雅は真理亜を抱きしめる。

「やったぞ、真理亜。無事クリアだ。最後の難関も突破した」

「クリアって……」

もしや、プロポーズしてくれたときに言っていた、もうひとつクリアしなくてはいけないこと、だろうか。

紫桜に結婚を認めさせることが〝難関〟だとも思いがたいのだが……。

「昨日、お義父さんに言われた。『惚れた女と結婚したいなら、千珠の若頭と話をつけろ』ってな。妹のためになにをするかわからない危険な男だから、喉笛噛み切られるくらいの覚悟をしてかかれとも」

（お父さん、言いすぎ）

ヤンチャではあるが、紫桜はそこまで野性的ではない。

「昨日、大親分さんに話をつけに行ったんだが、俺にケジメをつけさせようとしたのはお義父さんのほうだった。ケジメとして、お義父さんの長ドスで手を真っ二つにされそうになったんだが……」

「ええっ！」

真理亜は驚きの声をあげて泰雅を見る。焦って身体に回っている手を探り、切れていないことを確認した。

泰雅にそんなことをしたとは。真理亜は「しばらく口きいてあげない！」と心の中で拗ねる。

「このくらいで済むなら安いもんだと思って、黙って手を出していた俺の度胸を気に入ってくれた。長ドスを反対側に倒して、ケジメをつけようとした俺の手を取ってくれたんだ。『おまえが惚れた女のためにこの手を使え。それが、私に対するケジメだ』って。……痺れた。俺を拾ってくれた親父以来の感動だった」

次に父に会ったら「お父さん大好き！」と言って抱きつこう。

真理亜は固く心に誓う。

「そして今、若頭との話もついた。お義兄さんにも許しをもらったし、これで心置きなく真理亜と祝言の日を迎えられる」

「泰雅さんっ！」

真理亜がぎゅうっと抱きつくと、泰雅も抱き返してくれる。目隠しナシで彼の肌に抱きつけるのが嬉しい。

「でも泰雅さんが祝言の相手だったなんて、本当にびっくりです」

「俺もだ。真理亜はホント俺の心を揺さぶる言葉ばかりをかけてくれる不思議な女だと思っていたが、極道の娘だ、当然だよな」

「わたしも、泰雅さんといると本能で血が騒ぐから、どうしてなんだろうって思ってた。わたしが大好きな渋い鬼畜だもん。当然ですよね」

「なんだそれ」

ぎゅっぎゅっと遊ぶように抱きしめられ頬擦りをされる。真理亜がアハハと楽しそうに笑っていると、紫桜が近づいてきて横で止まった。

「おい」

真剣な声。顔もキリッとイケメンになっている。真理亜が離れると、紫桜は泰雅に向けて話を進めた。

「オレたちはこれから、このシマ荒らしにケジメをつけさせる。アンタも元極道なら、なにをするかはわかるだろう」

「ああ」

泰雅が返事をすると、紫桜は指をくいっと店の奥へ向ける。待機していた若衆が一斉になだれこんできた。

「堅気の人間や女子どもに見せるもんじゃねえ。今すぐ、妹を連れてここを出て行け」

言いたいことを言って背を向けた紫桜だったが、足を一歩出しかけて、ためらいながら止まった。

「真理亜」

「なに、兄さん」

「祝言まで……まだ十日あるんだ。……一緒にいたいのはわかるけど、ちゃんと……帰ってこいよ」

しんみりとした口調だった。真理亜は兄の背中を見つめる。

生まれたときからずっとかわいがってくれた兄。理解を示してはいても、妹が嫁に行くのはやはり寂しいものがあるのだろう。

ハッキリと口には出さない兄の優しさに胸が詰まる。真理亜は意識して明るい声を出した。

「当然でしょうっ。明日、ちゃんと帰るよ。あっ、アイス買って帰るから、一緒に食べようね。兄さんが好きなケーキアイス買っていく」

「楽しみにしてる……」

小さな声で言ってから、かすかに洟《はな》をすする。「早く行け！」と声をあげると、店の隅で小さくなっていたアロハが泰雅の服を掻き集めてきた。

「兄貴！　どうぞ！」

すっかり泰雅の立ち回りの迫力にやられてしまったらしい。いつの間にやら兄貴扱いだ。おそらく刺し違えるかという場面で叫んだ「兄貴！」も泰雅のことだったのだろう。

「兄貴って……。残念だが、俺は堅気だぞ、一応」

苦笑いをして服を受け取る。真理亜がそこからシャツを取り、泰雅の背後に回って広げ、着る手伝いをする。

彼が腕を通すと青い蝶は隠れる。ちょっと残念に思いつつも、このあと二人きりになれば目隠しナシで見られると思うとウキウキした。

続いてウエストコート、スーツの上着と進めていく。最後に前に回ってネクタイを首に回した。

こうしていると、旦那さんの身支度を手伝っている奥さんの気分になる。照れくさいやら嬉しいやらで、真理亜はニヤニヤしそうな顔を抑えるのに必死だ。

「兄貴が堅気なのはわかってます！　兄貴の迫力に惚れました！　オレを、……オレたちを兄貴の舎弟にしてください！」

「おまえ、堅気の意味わかってるか？」

アロハと一緒に他の四人も真剣な顔でうなずいている。気持ちはわからなくもないが泰雅は困り顔だ。

真理亜も困る。早く二人きりになりたいのに……。

「いやあ、今日も暑いですねぇ。こんばんは～」

場違いな長閑な声とともにドアが開く。シャツにネクタイ、ブリーフケースを持った三人の男が姿を現した。

てっきり営業していない店だと思っていたのだが、違ったのだろうか。すると、先頭を切って入ってきた男が泰雅を見て目を丸くしたのだ。

「社長っ！　なにをしていらっしゃるんですか⁉」

「おまえこそどうした。ここじゃ一杯飲めないぞ」

泰雅を社長と呼んだということは、フラワーズファイナンスの社員のようだ。男は違う違うと手を振りながら説明をする。

「回収ですよ。ここ、ずっと逃げられていた客の隠れ家だって突き止めて……あー！　おまえら‼」

男がアロハたちに気づき、おだやかだった声が殺気立つ。

「見つけたぞ！　二回も三回もちょろちょろちょろちょろ逃げ回りやがって！　今日こそ話つけさせてもらうからな！」

「ま、待ってくれ！　俺たちは金を用意してこいって命令されただけで……！」

「そんなことは知りませんねぇ！　うちは、あなたたち個人に貸したのであって、命令した人に貸したわけではありませんからねぇ！」

言葉は丁寧だが、声が怒っている。なんたることか、アロハたちは舎弟にしてくださいと頼みこんだ人物の会社に金銭的迷惑をかけているようだ。

泰雅が真理亜の肩を抱く。厳しい口調で指示を出した。

「話をつけるなら外でやれ。今、そこのニーサンたちが大事な仕事をする。邪魔をするな」

「はい！　社長！」

「三回取り逃がしてるんだ。しっかりシメろ」

「はいぃ！　社長ぉっ‼」

逃げられていたのがよほど悔しかったのだろう。男の目が血走っている。

泰雅と真理亜が店を出る。あとから飛び出してきた面々の中から「あにきぃぃぃ」と情けない声が聞こえたが、二人はそのまま手を繋いで歩いていった。


中央公園前、数ある一流ホテルの中でも名の知れた超高層ハイクラスホテル。

上層階のプレミアムスイートからは、部屋の名前そのままにプレミアムな夜景が眺望できる。

今まで泰雅といろいろな場所から夜景を眺めたが、今日の景色は格別に綺麗だ。百万ドルの夜景とはよくいうが値段などつけられない。

泰雅もそう思っているのかもしれない。窓から夜景を眺める真理亜をうしろから抱きしめ、ずっと動かない。

「素敵ですね、泰雅さん」

「ああ、素敵だ。真理亜はいつ見ても素敵だ」

「景色ですよ」

「俺は真理亜しか見てない」

「顔見えないでしょう？」

「窓ガラスに映っている」

言われてみれば、磨き抜かれた窓ガラスに真理亜と泰雅の顔が映っている。泰雅は景色ではなく、真理亜を見ていたようだ。

真理亜はコテッと泰雅の胸に頭をもたげた。

「夢みたいです。泰雅さんと……本当に一緒になれるなんて」

「俺も同じ気持ちだ。けど夢じゃない」

顔を向けると泰雅と目が合う。唇が重なり、真理亜は身体を返して彼と抱き合った。

唇を吸い合っているうちに、泰雅がワンピースの上から身体をまさぐりだした。布が引っ張られてシワになりそうなくらい力強いので、真理亜はクスッと笑う。

「泰雅さん……ワンピース、破けちゃう」

「ビリッビリに破きたい。今すぐ裸にして、真理亜の肌を舐めつくしたい」

「食べられちゃいそう……」

さすがに破くわけにはいかず、泰雅はワンピースのファスナーを下ろしながら真理亜の首筋に喰らいつく。じゅっと強めに吸われると、肌がわなないた。

「……痕がつくとか、もう気にしなくていいんだな」

「泰雅さんの痕、いっぱいつけてほしいです……」

「ああ……」

ワンピースが足元に落ち、泰雅の唇が首筋から鎖骨、胸の隆起へと移ってくる。いつもより吸引が強い。そのまま肌が吸いこまれて食べられてしまうのではないだろうか。

「ぁ……ンッ、泰雅さん……」

彼の力強さに負けて背中が窓ガラスにつく。ズルッと滑り、窓の前板に腰が落ちた。ちょうど椅子に座ったくらいの高さ。泰雅が両膝をつきブラジャーの上から胸のふくらみを揉みしだく。

「真理亜……すまなかったな」

「え？」

「理由はどうあれ、俺はおまえを騙《だま》していた。堅気の世界しか知りませんって顔をして自分を隠していた」

「そんなの……わたしだって同じです……。おとなしい女のふりをして、ヤクザの娘だっていうのも隠して……」

「粗野な自分を見せて、真理亜に嫌われるのがいやだった。それだから、ずっと、真理亜が好きなんだろうなと思う大人の紳士のふりをして……」

「わたしだって、本当は気風がいいって言われる性格です。でも、泰雅さんはおとなしくて上品な女の子が好きなんだろうなって思ったから……」

「俺はどんな真理亜でも好きだっ」

「わたしだって、どんな泰雅さんでも好きですっ」

二人でムキになって顔を見合わせる。同時に微笑み、泰雅が真理亜の胸に顔をうずめた。

「あー、真理亜が全部俺のもんなんだと思うと安心する。聖マリアも好きだけど、千珠真理亜はもっと好きだ」

「わたしも。泰雅さんの全部を知られて嬉しいです。フラワーズファイナンスの社長の泰雅さんも、極道の過去を持った泰雅さんも、どっちも好き。なんだろう、ただ泰雅さんを見つめていたときより、今のほうがもっともっと好き」

「かわいいことばっかり言いやがって」

ブラジャーのカップを下げられ、たわわなふくらみがまろび出る。頂に吸いついた泰雅がじっとりと乳首を舐った。

「んっ……泰雅さん……」

乳房に快感をもらいながら、真理亜は泰雅のスーツを脱がせていく。上着、ウエストコートと続いてネクタイを取りワイシャツのボタンを外していった。

「今夜は、積極的に脱がせてくれるんだな」

「ンッ、ぁ、背中……見たいの……」

「ん？」

「泰雅さんの蝶、見せて」

シャツを彼の肩から落とす。袖を抜くときだけ、泰雅は胸から手を離した。

「今日は、目隠ししないでね？」

「しねえよ。好きなだけ見て、好きなだけさわれ」

真理亜の両脚を開き、そこに身体を入れた泰雅が胸のふくらみにむしゃぶりつく。両の乳房をサイドから寄せ上げ、顔を左右に振りながら両方一度に舐めたくった。

「あぁっ……泰雅さんの舌、気持ちいい……ぁあん」

快感に逆らうことなく、真理亜は泰雅の頭を抱き、その手を背中に這わせる。ピッタリと身体をつけてくれているおかげで、背中がさわりやすく刺青がよく見える。

「泰雅さんの蝶々、綺麗……ぁん、泰雅さんの裸、世界一綺麗だよ」

彼の背中にさわっていると、うっとりとした気分になる。頭が蕩けて、まるで酔ったみたいに気分がいい。

「もっと見るか？」

「うん」

てっきり彼が背中を向けてくれるものだと思っていた。しかし実際は床に座った彼の膝に乗せられ、向かい合っただけだったのだ。

「あっ」

その理由がわかった。窓ガラスに泰雅の背中がくっきり映っている。大きく羽ばたく青い蝶。

「やっぱり綺麗……」

泰雅の太腿を跨いで膝を立て、伸び上がる。窓ガラスに映る蝶を見ながら両手で撫で回した。

初めてこの背中にさわった日の感動がよみがえる。筋肉の盛り上がりさえ愛しくて、何度も何度も肩甲骨を探った。

あのときは目隠しをされていたけれど、今はしっかりと見ることができる。

愛しい人が生きてきた証を、この目で見ることができている。

「嬉しい……」

感動で胸がいっぱいだ。

胸の奥が熱くて、鼓動が速くなる。……のは、泰雅の刺青を堪能できる感動からだけではない。

この体勢だと胸が泰雅の顔にあたり、彼が先程から谷間に顔をうずめて舐めたり吸ったり噛んだり、悪戯をしているのだ。

「こ、こらぁ」

「なんだ？　こんないいもの押しつけておいて、なにもするなって言うのか」

ちょっと拗ねた口調にきゅんっとする。これで許してしまえるんだから「好き」の気持ちは偉大だ。

「膝をついてるから悪戯されるんだ。座って見たらいいだろう」

「座って?」

見えづらくならないかなと思いつつ腰を落としかかる。グイッと引き寄せられ、脚のあいだでショーツをずらされた。

「あっ……」

「いつまで我慢させるんだ？　焦らしてるつもりなのか？　ワルイ女だな」

秘裂にぐにゅっと熱いものが喰いこんでくる。反射的に上がりかかった腰を押さえられ、ググッと沈められた。

「あぁぁぁんっ……！」

彼が腰を回すと、突きたてられた剛直がぐりぐりと蜜壺を掻き荒らす。いつもと違って突き上げられたときに彼の肌を感じない。どれだけ我慢できなかったのか、彼はくつろげたトラウザーズと下着のあいだから滾りを突き出していた。

「た、たいがさ……ぁぁんっ、せっかちぃ……ぅんん！」

「もう、真理亜の正体を知ったときから滾って滾って仕方がないのに、これ以上我慢したらくたばっちまう」

「あぁぁン、もぅっ！」

ぐっちゃぐっちゃと淫路を擦り上げられ、真理亜は泰雅の両肩に手を置いて悶え上がる。もうこうなると座って泰雅の背中を見ている余裕などあるはずがない。

「あぁぁン、ダメェ、イっちゃうよぉ、あぁっ――――！」

泰雅の肩に指を喰いこませ、背中を反らせる。ずくんっとした刺激が陰部に走り、細かく震えながらそこに挟まる男茎を喰いしめた。

「なんだ、真理亜。イクの早いな。我慢してたのか？」

ブラジャーのホックをはずされ、腕から抜かれる。彼の肩から手を離したときにうしろに倒れそうになった身体を、両腕で受け止められた。

「わたし……だって、泰雅さんが刺青を見せてくれたあたりから、なんかこう、お腹の中がずくずくして……、興奮しちゃって……。すっごくワルイ顔見たときなんて、もう、それだけでイっちゃいそうでシんじゃうかと……きゃっ！」

いきなり床に倒され、両脚を彼の肩に預けさせられる。膝立ちになった泰雅が下着ごとトラウザーズを膝まで下げ、片足ずつ脱いでいった。

「泰雅さん、抜けば……脱ぎやすいんじゃ……」

「抜くとかありえねえ。一生真理亜のナカに入っていたい」

「無理ですよ～」

　とか言いつつ、泰雅ならできるかもとか思ってしまう。

「でもほら、これ、残ってますから」

　真理亜が腰で役立たずになっているショーツを指さす。

「穿いたままじゃいやか？」

「いやっていうか……、泰雅さんがオクまで入ったときに、布の感触が邪魔っていうか……。どうせなら、素肌が触れるほうが嬉しい。泰雅さんの肌、気持ちいいから」

　次の瞬間、泰雅が真理亜のショーツのサイドをビリッと破った。

「た、たいがさんっ？」

　片方の脚を抜いて、ショーツを放り投げる。脚を預け直し、腰を打ちつけた。

「あっ、あ、泰雅さぁン……！」

「ほら、肌があたってるだろう。気持ちいいか？」

「うん、うん、きもち、ぃ……あぁぁっ！」

　パンパンと軽快な音をたてて肌が弾ける。密着しては離れがたいとばかりに彼にまとわりつく愛液がいやらしくて、彼に貫かれているのだと脳が興奮する。

「俺も気持ちいい。真理亜の肌は極上だ」

腰で突きこみながら両脚を撫で、足首やふくらはぎに吸いつきキスをする。それがまた違う官能を誘ってゾクゾクした。

「もっと……もっとさわってぇ……ぁぁっ……」

泰雅の手で身体を撫でられると、どうしてこんなに気持ちがいいのだろう。さわられているだけでどうにかなってしまいそう。

泰雅の両手は真理亜の腹部を撫で、両の乳房をなぞる。円みをたどり手のひらで乳首を転がして、背中を浮かせながら悶え動く真理亜を煽った。

「ああっ、あっ、気持ちイイ……すごく……あぁぁンッ……」

泰雅と繋がっていることに全身が悦ぶ。胎内がきゅんきゅんして苦しいくらい。

「おかしく……なりそ、ぅぅン……ああっ、もっと、シてぇ……」

「いいのか？　おかしくなりそうなんだろう？」

「いい……いいのぉ……泰雅さん……なら、いいからぁ……あぁぁんっ！」

「真理亜はイイ女だな」

さらに肌を押しつけ、泰雅が放埓に腰を振りたくる。激しい抽送に真理亜は床で身体を跳ねさせ、両腕を抱いて収まり知らぬ官能に悶え狂った。

「ああっ、ダメッ、ダメ……イクッ……ハァああアンッ――――！」

達した瞬間、身体をひっくり返される。思考がついていかないままソファのアームに両手をつかされた。

腰を持たれ、うしろから剛強が突きこんでくる。内奥を穿たれ、あっという間に絶頂がやってくる。

「あああンッ！　ダメ、たいがさぁん……シんじゃうぅぅ――――！」

ビクビクッと身体が震え、腕から力が抜ける。落ちそうになった身体を泰雅に抱きとめられた。

「シにそうなのは俺だ……。真理亜がヨすぎて……止まらねぇ……」

真理亜の身体を受け止めたまま泰雅が床に座る。そのままうしろへ寝転がり、真理亜の脚を大きく開いて腰を突き上げた。

「ああっ、ああっ、やぁ、やぁぁぁんっ！」

泰雅の胸で真理亜の身体が暴れる。終わらない快感が全身を埋め尽くし、泰雅のことしか考えられない、泰雅に与えられる快感だけが今のすべてになってしまっている。

「泰雅さんっ……たいが、さっ……あぁぁぁ！」

喜悦の声なのか泣き声なのかわからない。ただ気持ちよすぎて泣きたいのは本当だ。脚のあいだでじゅぽじゅぽと出し挿れされる熱にしか意識がいかない。

うしろから回ってきた大きな手に乳房を大きく揉み回され強く摑まれて、形が変わってしまうのではないかと思うくらいこねられる。

「もぅ……もぅ……！　あああっ、ダメェェ――――！」

連続して襲ってくる快感が真理亜の意識を奪おうとする。泰雅はそれを許してくれない。真理亜の身体を抱いて身体を起こし、一度彼女をうつ伏せにしてから脚を摑んで身体を回しあお向けにした。

「アァン、やぁぁっ……」

猛る欲棒が突き刺さったままそれを軸に身体を回されると、抽送では感じえない横に擦り回される感覚に襲われる。引き攣りながら大きな愉悦が剝き出しにされるようで、なんともいえない危うい快感が走るのだ。

「すまないな、真理亜、身体は痛くないか？」

真理亜の両脚を腰にかかえて、身体を抱き、泰雅がソファに運んでくれる。こんな状態なのに気を回してくれたんだと思うときゅんっとするが、真理亜は微笑んで泰雅に抱きついた。

「大丈夫です。気持ちよくて、そんなの気にならない。でも、……気持ちよくて……わけわからなくなってきました……」

これは本当。頭がふわふわして、もう全身が快感の塊になってしまったのではないかと思う。

それなのに、胎内は泰雅の熱を欲しがって大きく脈打っている。

「そうか、俺もそろそろだから、少し休んだら一緒に風呂に入ろうな。そのあとはベッドでゆっくりシてやるから」

そんなにされたら、本当に昇天してしまいそう。それなのに、期待でドキドキしている自分を隠せない。

……明日、生きて紫桜とアイスが食べられるだろうか……。

身体を密着させたまま泰雅に揺さぶられ、真理亜は両手を彼の背中で泳がせる。昂ぶり、しっとりと蝶の羽を濡らす背中。愛しくて愛しくて……幸せだ。

「泰雅さっ……あああっ、ホントに……シんじゃいそう……！」

「俺もだ……、真理亜っ……このまま、いいか……」

飛んでしまいそうな思考のなか、彼が避妊具を着けた気配がなかったことを思いだす。

彼の熱を胎内に受け止める自分を想像し、真理亜の血が沸きたった。

「いいっ……いい、からぁ……泰雅さんで……いっぱいにしてぇ……！」

激しく真理亜を煽りたてる怒張が、さらに彼女を征服しようと攻めてくる。真理亜は泰雅の蝶を手の中で愛でながら悦びの声をあげた。

「あああっ！　ダして……泰雅さん、泰雅さん……すきっ、あああっ――――！」

「まりあっ……！」

子宮を突き破ってしまいそうな勢いで泰雅が深くに突きこんでくる。次の瞬間、腹部から全身が熱に包まれた。

「あああっ……もう、もう、シんじゃうぅ――――！」

連続で襲った到達感に、腰が数回大きく跳ねた。お腹の中が熱くて、びゅるびゅると噴き出す情愛の証が真理亜の中を満たそうとしているのがわかった。

「真理亜……」

泰雅が息を荒らげ、真理亜の頬を撫で唇を重ねる。

「おまえは……最高の女だよ」

嬉しい言葉をもらい、返したいのに言葉が出ない。乱れた呼吸しか口から出なくて、真理亜は抜けてしまいそうな力をなんとかとどめ、泰雅の背中にしがみつく。

「愛してる。俺の女はおまえだけだ」

言葉が出ないまま、ただ嬉しさに微笑んだ真理亜の瞳から、一筋、幸せに潤んだ涙がこぼれた。

翌日、真理亜は泰雅からプロポーズを受けた。

それも、彼の会社に仕事で赴き、花ができ上がったところで声をかけられ、プロポーズをされたのだ。

「先生を初めて見たときから、俺の心の中には先生しかいません。結婚してください」

昨日公園で言っていたように、跪いて、大きなバラの花束を差し出して。

それも密集したバラの上にはこんなところに置いて落としたら大変と言いたくなるような、大きなダイヤの指輪が載せられている。

こんな気障なプロポーズ、今どき誰がするのか。

それなのに、とんでもなく似合っていて、とんでもなくかっこいい。

真理亜はバラの上から指輪を取り、泰雅に手渡して左手を預ける。彼は薬指に指輪をはめてくれた。

「わたしも、社長を初めて見たときから、心の中には社長しかいません。よろしくお願いいたします」

会社のロビーが拍手で包まれ、社員の祝福のなか、二人は手を取り合った。

その夜、デートの際、どうして会社でプロポーズをしたのか聞いたところ……。

「真理亜を物欲しそうに眺めている男もいるから、俺がプロポーズした女だと思えば、そんなこともなくなるだろう？」

とのこと。

焼きもちのような、ちょっとかわいい理由に胸をくすぐられ、彼の独占欲を感じて嬉しさがあふれる。

なにはともあれ……。

祝言まで、あと一週間ほどである。

エピローグ

九重頭は、泰雅と真理亜がお互いが祝言の相手だと知らずに逢瀬を重ねていることを、知っていたらしい。

真理亜は泰雅の会社に出入りしているし、声をかけたのは泰雅だし、二人に惹かれ合うものがあるのではと考え、祝言を画策したらしい。

それっぽく説明するために不知火会の若頭が駄目になったから泰雅に、とは言ったが、なんてことはない、最初から泰雅と真理亜で考えていたことだそう。

「お互い、結ばれる運命なのにそれに気づかず逢瀬を重ねる。いやあ、ロマンだ。これで駆け落ちまでいったら大河ドラマだな」

大河ドラマというより昼メロではないだろうか。

九重頭が柄にもなく「ロマンロマン」言うのは、どうやら紫竜の影響らしい。紫竜が読んでいたロマンス小説をちょっと覗いたところ、はまったんだとか……。ちなみに原書ではないほうである。

もちろん紫竜も、祝言を挙げる者同士が、許されない恋だと思いこんでオロオロしていることを知っていた。

真理亜を諭したのは、気持ちを盛り上げさせるためでもあったようだ。

すっかり、ロマンス計画に騙された……。

「真理亜がかわいそうだから教えてやろうかとも思ったんだが、正体も知らないままくっつくとか、ちょっと好きな展開だったんで黙ってた。ただでさえ嫁にやりたくない娘を骨抜きにした男だ。しこたま悩んでもらおうと思ってな。泰雅が九重頭の屋敷に乗りこんできたときは面白かったな。まあ、これがハッピーエンドってやつだ」

上手いことまとまったからよかったものの、本当に二人が別れていたらどうするつもりだったのか……。

「その場合は祝言の場で大感動の再会だ。涙涙のハッピーエンドが待ってるってやつだろう？　ん？　こっちでもよかったかもな」

……お断りである。

いろいろと裏で画策されていたようだが、結局泰雅と真理亜は幸せなのでオールＯＫである。

余談ではあるが、例のアロハたちは、なんとフラワーズファイナンスの回収班で働くことになったらしい。

借金のぶんを働いて返す、ということなのだが、返し終わっても居すわるだろうという予感がする。ひとまずは、会社で泰雅に会っても「兄貴!」ではなく「社長!」と呼ぶようきつく躾《しつ》けられているとか。

「あいつらも、少し真っ当な仕事をさせてやればテメェの周りの景色も変わってくるだろう」

面倒そうにしながらも面倒見のいい泰雅に、当然のごとく何度でも惚れ直してしまう真理亜なのだ。


八月末の吉日。

泰雅と真理亜の祝言が行われる日である。

「それで、家での挨拶のときね、もう会えなくなるわけじゃないのに、兄さんってば大泣きで。兄さんが泣くから若衆のみんなまで泣いちゃって。もう、どうしようかと思った」

祝言の前というものは、もう少し厳粛なものか緊張しているものかと思う。しかし泰雅と真理亜は、控室となっている和室で和気あいあいとお茶などをすすっていた。

もちろん、羽織袴《はおりはかま》と白無垢姿である。

「お義父さんはどうだったんだ？　真理亜は亡くなった姐さんにそっくりなんだろう？

思いだしてむせび泣いたりしていなかったのか？」

「それが、言うに事欠いて、お母さんのほうが綺麗だったとか言うの。これから祝言を挙げる娘に言う言葉？」

泰雅がアハハと笑う。真理亜の頭をポンポンと叩いて拗ねる花嫁を宥めた。

「お義父さんの気持ちはわかる。俺も何年かして娘が嫁に行くとき、『真理亜のほうが綺麗だった』って言うと思う」

「娘……ができるとは限らないけど……」

「十人くらい作れば一人くらいは娘が生まれるだろう？」

「何人作る気っ」

……とはいうものの……泰雅だったらそのくらい作れそうだ、とも思ってしまう。

彼の絶倫ぶりを日々身をもって経験しているので、それについていけている自分もすごいなと自画自賛。

そして、やっぱり相性が抜群だからだよね、というところに落ち着くのである。

泰雅が真理亜の白無垢の襟元をなぞる。胸元に浮かぶ蝶を指でたどった。

「……大親分さんは……粋なことをする。まさかこんな白無垢を選んでいるとは思わなかった」

「わたしも。でも、見たとき一目で気に入ったの。だって、蝶の柄だもん。泰雅さんとおそろい」

白無垢には、花のあいだを飛び交う蝶がデザインされている。泰雅の刺青を彷彿《ほうふつ》とさせるもので、これしかないと思えた。

「そうか、それじゃぁ俺、背中を出して祝言に臨もうか」

「そこまでしなくていいですっ」

「真理亜、俺の蝶、好きなんだろう?」

「そうですけど……」

真理亜は泰雅に身を寄せると、二人きりなので必要もないのだが、声を潜めた。

「わたしだけが見るからいいの」

「よし、たんまり見せてやる。もういいってほど見せてやるぞ。楽しみだな、新婚初夜」

「もうっ」

二人でアハハと笑い合う。泰雅の手が軽く顎にかかり、口紅を崩さないよう、軽くチュッとキスをされた。

「愛してる。真理亜は、俺の最高の嫁さんだ」

「泰雅さん」

身を寄せ、真理亜はこの幸せを噛みしめる。

廊下に足音が聞こえ、襖の前で声がした。

「お二人とも、そろそろお時間です」

顔を見合わせ、泰雅に手を取られて立ち上がる。

「行こう。真理亜」

「はい、泰雅さん」

手を握り合い、二人はともに、歩きだした。

END

嘘つき極道たちのかりそめ純愛♥

〜私たち、別れる運命ですが!?〜

番　外　編

君と永遠のロマンスを

――雪のようだと、思った……。

春の陽射しの中で見たその少女は、とても肌が白い。色白というレベルではないくらい白く見えたのは、いたずらに降り積もった春の雪のせいだったのかもしれない。

九重頭組《このえがしら》の裏庭。椿《つばき》の木陰で、少女は本を開いていた。華奢《きゃしゃ》な身体を淡い紫色の絣《かすり》に包み、長い黒髪が肩から背中に広がっている。微笑む口元、嬉しそうに弧を描く目、ほんのりと染まった頬。

一瞬見惚《みと》れてしまった。性別上の女という生き物に見惚れるなど、二十八年間生きてきて初めてだ。……これも春の雪の悪戯かもしれない。

誘われるように一歩足を踏み出した千珠紫竜《せんじゅしりゅう》の靴先で、ジャリ……っと白石を踏む音が響く。

かすかな音だったと思う。それでも少女は顔を上げ、音がしたほうを見やった。

「あ……」

頬の色が濃くなる。少女は本を胸に抱き、逃げるように走り去っていったのだ。

少女の姿を目で追った紫竜は、彼女が座っていた木製のベンチに近づく。

まるで彼女の代わりですといわんばかりに、椿の花が落ちていた。

「あの子は……」

メガネのフレームを指で押し上げ、無意識のうちに椿の花を手に取った紫竜は、少女が走り去った方向へ目を向けていた。


「ああ、そりゃあ倉敷《くらしき》のとこの娘だ」

派手に笑いながら九重頭が膝を叩《たた》く。シノギの報告書を見ながら、裏庭で会った少女の話をしたのだ。

「倉敷？　三次の？」

座敷には組長の九重頭と、その舎弟で主に財務担当の幹部である紫竜の二人しかいないが、九重頭の声が大きいのと座卓に積み上がった書類の山のせいで、あと五人くらいいるのではと錯覚させられる。

倉敷組は九重頭組のエダで三次団体にあたる。どちらかといえばアットホームな小さな組で、シノギの内容も少々おとなしい。

「今日、ちょうど倉敷の奴が来ている。娘も一緒に連れてこさせたんだ。かーわいいだろう、牡丹《ぼたん》ちゃん」

九重頭の声がデレデレしはじめ、紫竜はただでさえ表情のない顔をさらに冷淡にした。

「いつから幼女趣味になったんです？　情婦にでも加えるつもりですか」

「そんなことしねぇよ。牡丹ちゃんは、俺のメンコちゃんだからな」

「はいはい」

九重頭は子ども好きだ。エダの組でよく贔屓《ひいき》を作る。自分には男の子どもしかいないせいか、女の子の贔屓が多いような気もする。

ちょうど手元には倉敷組の報告書がある。少し前からシノギの中に和裁、仕立て、という項目が入り、相変わらずな印象だ。

とはいえ、こんなおとなしいシノギでも九重頭が目を三角にしないのは、おそらく、牡丹という娘のおかげなのだろう。

「それにな、紫竜、幼女とか言ってやるな。牡丹ちゃんはあれでも十八だ」

「は？」

思わず眉が動く。九重頭が紫竜を指差しガハハと大笑いをした。

「あー、ビックリしたビックリした、さすがの紫竜もビックリした！」

「……この書類、全部、若に回しましょうか？」

ぴたりと笑い声が止まり、九重頭は両手を合わせて肩をすくめる。「ごめん」のポーズを取られ、紫竜はフンッと鼻で息を吐く。

「うちの息子どもが三日かかったって、おまえが一日でやるぶんも片づきやしねえよ。頼りにしてます、IQ150の天才少年様」

「そんなガキのころの話を持ち出されても困りますが？　今はもっと馬鹿になってますよ。当時も大げさな数字を出しすぎだったんだと思いますが」

「でも、うちで一番、学《ガク》があるのはおまえだしな。顔がよければ腕も立つ、おまけに団体の脳味噌《のうみそ》だ。いい加減、嫁をもらえよ。おまえなら選り取り見取りだろ？　羨ましいな、このっ」

本人的には最高に褒めているつもりだろう。紫竜にしてみれば、……どうでもいい。

「おっと、牡丹ちゃんとお茶の時間だ。倉敷の奴も一緒だけど。じゃあ、頼んだぜ」

おまけに人をいじるだけいじって、さっさと座敷を出て行ってしまった。

一人になったのをいいことに、紫竜は今までの数倍のスピードで書類を片づけていく。

提出されている写真の中に椿が写っているものがあって、ふと手が止まった。

——肌がとても白く見えたのは、椿の花が赤すぎたからかもしれない……。

ハッとして仕事を続行する。なんだろう、今日は進みが遅い気がする。問題になるような書類もないのに。

「千珠紫竜様」

名前を呼ばれ、手が止まる。襖《ふすま》の向こうから声がしたからだ。

「入ってもよろしいでしょうか」

女の声だ。仕事中は、兄弟分でも用がないと思えば入室を許可しない。

「入れ」

そう言ってしまったのは、その声が、椿の中で振り返り「あ……」と漏らした声に似ていたからだった。

「失礼いたします」

襖が開き、入ってきたのは、やはり倉敷の娘、牡丹だった。

牡丹は数歩進むと正座をし、大事そうに持っていた本を脇に置いて畳に手をつき、深く頭を下げた。

「先程は失礼をいたしました。ご挨拶もなしに背を向けるなど、千珠様だとは存じませんで、大変無礼なことをいたしました。どうぞお許しください」

か弱そうに見えるのに、口調はしっかりとしている。弱小でも極道の娘であることに変わりはない。

「わざわざ、それを言いにきたのか？」

「はい。父に裏庭で見た男性の特徴をお話ししたら、すぐに千珠様だとわかりました。大親分さんに、ここにいるから声をかけてこいとお許しを戴きましたので」

仕事中は無関係の人間を遠ざけることを知っているくせに。九重頭が〝お気に入り〟をわざわざ謝りにこさせるなんて。

座卓を立ち、紫竜は牡丹に近づく。彼女の前で片膝を落とすと、顔の下に手を入れて顎を摑み、グイッと顔を上げさせた。

「あ……」

漏れた声は弱々しく、椿の庭で逃げたときと同じだ。しかし今回は逃げない。唇を閉じ、紫竜と視線を合わせた。

(童顔なんだな……下手に整いすぎているから幼く見えるのか)

「なぜ、逃げた?」

「それは……」

おおかた、「怖かったから」とでも言うのだろう。紫竜はめったなことでは表情を見せない男だ。

「あの……黙って裏庭に入りこんで本を眺めていたので……お、怒られるかと……」

「は?」

「入っていいって言われていないのに、あまりにも椿が綺麗だったので……。名残雪が降ったばかりで、椿の赤に白い雪がキラキラして、とても綺麗だったのです。気持ちがよくてつい。こんな場所でお気に入りの本を眺めたら気持ちがよさそうと思ったら我慢ができなくて……。申し訳ございませんっ」

紫竜は呆気に取られる。怒られるかと思って逃げたなどと、悪戯をした子どもの言い訳ではないか。

(しかし……本当に色白だな……)

外で見たときは、椿の色もあって白く見えたのかと思ったが、やはり色白だ。黒髪が異様に映える。緑の黒髪とはこういう髪のことをいうのだろう。

染めたり脱色したり、そんな女ばかり見ているせいか新鮮だ。

(化粧……していないのか……。唇が赤く見えるのは色白だからか。これだけ肌が綺麗なら、さぞ身体のほうも……)

ふと……脱がせてみたい……と感情が騒ぎ、自分の思考に紫竜は愕然《がくぜん》とする。

本来、女というものは頼みもしないのに自分から服を脱ぐものであって、脱がせたいと思うような生き物ではないはずだ。

「あ、あの、千珠様っ」

牡丹が口を開く。どこか意を決したような口調だった。

「失礼をしましたこと、本当に申し訳ございません。ですが、わたしも、く、倉敷の娘です。失礼に対するケジメはつけさせていただきます。わ、わたし、経験がないので、千珠様が満足いくようにはできないかもしれませんが、あのっ……」

なにを言いたいのかはすぐにわかった。口調はしっかりしているようで、うろたえているのがわかる。

しかし……。

三次団体の小さな組の娘が、団体トップの幹部に非礼を働いたとなれば、処女だろうが旦那がいようが、そのくらいの覚悟はしなくてはならない。

紫竜はクッと笑いをこらえるように喉を鳴らす。

「わかった、もういい」

牡丹から手を離し、その場に胡坐《あぐら》を掻《か》く。片手で口を押さえ、笑いを噛《か》み殺した。

なんだろう。牡丹が必死になる姿が……かわいく感じてしまった……。

しゅるしゅるっと脱力した牡丹は、伸びていた背を丸め、吐き出す息を震わせた。

よほど緊張していたのだろう。だが、ここで泣きださないところは流石というべきかもしれない。

そんな牡丹を眺めていると、チラリと上がった彼女の視線が紫竜を見る。頬がふわっとピンク色に染まり、軽く微笑んだ。

「千珠様は、決して笑わない怖い方だと大親分さんが言っていました。嘘《うそ》ですね。笑ったお顔がとても素敵ですし、お優しいです」

紫竜はニコニコする牡丹をじっと眺める。

（……なんだこの女……、くっそ、かわいいな……）

おおよそ、紫竜らしかぬ思考である。

紫竜自身も自分の思考に驚く。戸惑いそうなのを落ち着けるためにも話をそらした。

「裏庭で、本を読んでいたのか？」

牡丹の傍らには、彼女が持ち歩いていたのであろう本が置かれていた。厚い本だ。ハードカバーの洋書に見えた。

「読んでいたのではありません。眺めていました」

「眺める？」

本を手に取り、表紙を眺めて、牡丹は嬉しそうに表紙を撫でる。

「海外の……大好きな作家さんの原書なんです。向こうではヒットしているんですけど、日本ではまだ翻訳がされていなくて。でも、好きな作家さんだから欲しくて堪らなくて、手に入れたんですけど……。英語は苦手で、読めないので……眺めているだけなんです」

「いつもは翻訳されたものを読んでいるのか？」

「はい。日本でも人気がある作家さんだから、きっと翻訳されると思うんですけど、いつになるのかわからないし。……されない可能性もあるし。心待ちにするしかできなくて」

「どんな本なんだ？　地球に隕石《いんせき》が落ちる話か？　地球外生命体と闘う話か？　死んだ人間が人を襲う話か？」

「……千珠様は……いつもそういったジャンルをお好みで？」

「本は雑食だな。男一人で女三十人くらい相手にするようなのもたまに読む」

「学校の先生のお話ですか？」

コテッと横に首をかしげる牡丹が……また、かわいい……。

（通じねえ……）

処女だから、というわけではない。こういった話題からは守られて育っている雰囲気がある。

「わたしがよく読むのは、ロマンス小説なんです」

「ろ……まんす？」

「はい、恋愛小説ですけど、わたしが好きな海外の本はロマンス小説っていわれています。中学生のときに好きになって、当時は徹夜をして夢中になって読みました。将来女の子どもを持つことができたら、洋風な名前をつけたいとまで思っています。わたしの名前が和風すぎるから、その反動かもしれませんけど」

「そうか。女らしいといえば女らしい好みだな。見せてもらってもいいか?」

「はい」

紫竜が手を出すと、牡丹は両手で本を手渡す。表紙、裏表紙、中をぱらぱらっと眺めた。

「読めない本を持っていて、つまらなくないのか?」

紫竜から本を受け取り、牡丹はそれを胸に抱いて嬉しそうに笑った。

「そんなことはありません。大好きな作家さんの本は、持っているだけで嬉しいんです」

胸の奥にえぐりこんでくるくらい、……純粋で、かわいい笑顔だった。


――一ヶ月後。

いつもはヤクザの一家とは思えないくらいおだやかな空気が流れている倉敷組を……竜巻が襲った。

竜巻どころではない。これはもう隕石が落ちてきたくらいの出来事だ。

団体トップの幹部、千珠紫竜が、娘の牡丹を訪ねてきたのである。

「狭い部屋で申し訳ございません」

倉敷組の客室に通された紫竜の前に、牡丹がお茶を置く。通されたのは洋室だった。部屋はそれほど広くはないが、腰を下ろしたソファや調度品が凝っていて、洋風で統一されていた。

「この部屋のコーディネートは、おまえか?」

「どうしてご存知なのですか? 大親分さんに聞かれました?」

「いや、直感だ」

外国文学が好きな娘だ。それもロマンス系。なんとなく想像はつく。

今日の牡丹は淡いピンク色の紬《つむぎ》。色白なので、淡い色がよく似合う。

(むしろ似合いすぎでは? ちょっと待て、一ヶ月前に会ったとき、こんなにかわいかったか? かわいらしさがグレードアップしてないか?)

紫竜の動揺もグレードアップである。実際この一ヶ月、牡丹の姿が頭から消えた日はなかった。

あまりにも眺めすぎたか、紫竜がなにか要求していると感じたのかもしれない。牡丹はハッとした顔をしてから、お茶を運んできたお盆を傍らに、その場で正座をしたのである。

「ご挨拶が遅れまして申し訳ございません。ようこそいらっしゃいました千珠様」

足元で頭を下げる美少女。男の征服欲を煽《あお》りたてすぎる、この破壊力。湯呑《ゆの》みに手を伸ばそうとした紫竜の動きが止まる。

……このまま眺めていたい……。

「わたしにご用だと伺いました。なんでしょうか？」

紫竜の望みは叶わず、牡丹は顔を上げる。眺めていたことをごまかそうとするかのよう、紫竜は湯呑みを手に取り、お茶をひと口すすった。

「美味い茶だ。おまえが淹《い》れたのか？」

「はい、お口に合ったようで光栄です」

「じゃあ、美味い茶の礼をやるから、ここに座れ」

紫竜が自分の横の座面を叩く。牡丹は両手を身体の前で振りながら、顔も左右に振った。

「そ、そんな、千珠様のお隣を戴くなんて、そんなことできません」

「座れ」

「はい」

牡丹に「逆らう」という選択肢はない。彼女は素直に紫竜の隣に腰を下ろした。

（これだけ近づくと、肌もきめ細やかで綺麗だ。じっくりさわったら、さぞかし……）

雑念に囚われそうになり、紫竜はちゃっちゃとそれを払って、書類封筒を牡丹に差し出す。

「なんですか?」

「開けてみろ」

「はい」

マチ付きの玉紐封筒だ。おまけに重い。なにが入っているのかと緊張しているようで、牡丹がごくりと固唾を呑んだ。

紐を解き、中から綴《つづ》り紐で横を留めた紙の束を取り出す。表紙を見て「え?」と目を大きくした。

「本の形状になっていなくて悪いが……おまえが読みたがっていた本を翻訳したものだ」

牡丹は紙を一枚めくり、また一枚めくる。信じられないといわんばかりの顔で、ただひたすら紙をめくった。

「翻訳、なんて立派なものじゃない。素人が英文を訳しただけだ。物語のように上手く繋《つな》がっていないかもしれないが、まあ、こんな話だっていうのはわかるだろう」

「……これは……まさか、千珠様が?」

「洋書を専門に扱っている店に同じものがあった。暇潰しにやっただけだ。本格的にやると三ヶ月くらいかかるって話も聞いたが、本格的じゃないんで、一ヶ月でできた。……こんなもんだろう」

「千珠様……」

「ん？」

紙束を持つ牡丹の手が震えている。彼女はそれを自分の膝に置くと紫竜の腕に抱きついた。

「ありがとうございます！　ありがとうございます！　嬉しいです！　本当に嬉しい！　千珠様は、本当にお優しい、いい方なのですね！」

どれだけ嬉しいのか、腕に抱きついたまま身体を揺らす。彼女が嬉しがってくれるのはいいのだが、紫竜の理性はブチ切れそうだ。

（離せ、牡丹っ！　今すぐその手を離せ！　この場で処女を失いたくなかったら、身体を離せぇっ！）

「素人とか暇潰しとか、千珠様はご謙遜がすぎます！　とても頭のよい方だとお伺いしていますし、それに……」

心の叫びが通じたわけではなくとも、牡丹はパッと彼から離れ、紙束を手に取って紫竜に向けて開いた。

「とても綺麗にまとめてくださって、お心遣いが繊細ですごいです。ページ数もあるし、おまけにこれ、手書きじゃないじゃないですか。ワープロですか？」

「パソコンだ」

「パ……、すっ、すごいですね、千珠様はパソコンが使えるんですか⁉　そして翻訳までできてしまうなんて、すごいです、尊敬します！」

目をキラキラさせて喜ぶ牡丹を見ていると、なぜだか紫竜まで嬉しくなる。

実際自分でも、なにをやっているんだろうと何度も思った。牡丹が読みたがっている本を探して、その作家の作風を知るために翻訳されたものを何冊か読んで、毎日仕事が終わってから机に向かった。

ときどき疲れて面倒だなという気持ちがよぎっても、そのあとから牡丹の笑顔が浮かんで、やる気が漲《みなぎ》った。

……あんなになにかに集中したのは、久しぶりではないか……。

ＩＱ１５０の天才少年。幼いころ散々もてはやされ、大人に利用され心がズタズタになって、堅気のすべてがいやになって極道に堕ちた。

中途半端でいい。自分という存在も。考えかたも。使う頭も。人生も……。そうとしか考えなくなっていたのに。

「本当に嬉しい。ありがとうございます。いくら言っても足りない。ありがとうございます、千珠様」

嬉し泣きなのか、とうとう牡丹は指で目尻を拭いだした。

――この子の、嬉しそうな顔を見ると、気持ちがやわらぐ……。こんな自分にも、誰かを喜ばせてやることができるのだと、……嬉しくなる。

「言葉だけじゃ足りないです。なにかお礼をしたいです。どうしよう、千珠様、なにか欲しいものとかありますか？　あっ、あの、すっごく高いものとかじゃなくて、お菓子とか、お酒とか」

「なにか欲しいものはないかとか、軽々しく男に聞くな」

「なぜですか？　どうせなら、その人が欲しいと思っているものを差し上げたいじゃないですか。お誕生日のプレゼントなど、わたしは必ず聞きますよ？」

無自覚すぎる。――いや、この子は、これで通用するくらい大切にされる、いい環境で育ったのだ。

清流の水しか飲んでいないような清らかな空気をまとっているから、近くにいるとこんなにも心地いいのかもしれない。

「そうだな……それじゃぁ……」

紫竜は指の関節を口元にあて、少し考えるふりをする。メガネのフレームを軽く上げ、牡丹の腕を引き、顔を近づけ……ふっと微笑んだ。

「おまえの処女でももらおうかな」

牡丹がカァァっと赤くなる。耳まで色が変わってしまってかわいそうなくらいだ。

「あ、あのっ、わたし、あ……」

顔が近づいたまま視線を下げて、あっちこっちに視線を飛ばす。しばらく一点を見つめ、意を決したように紫竜に目を向けた。

「千珠様が、欲しいとおっしゃってくれるなら」

ときどき……芯は極道の娘なのだという気合いを見せてくれる。

これをなんというのだろう。アンマッチ、不一致、目に見えている彼女とは違う影が見えたとき、紫竜の中の炎が大きくなる。

軽く息を吐き、牡丹の腕を放す。

「馬鹿。代償がデカすぎる。もう少し考えて返事をしろ」

「……いらないんですか?」

「礼をしたいという気持ちはもらった。それで充分だ」

「そうですか……」

心なしか、牡丹のテンションが下がる。ガッカリしているように思えて、紫竜はどうも気まずい。

（なぜだ……。どうしてここで気まずい思いをしなくてはならないんだ……。というか、なぜそんなに落ちこんでいるんだ、牡丹っ！）

しかし、牡丹が一瞬でも処女を捧《ささ》げてもいいと思ってくれたのは、浮かれてしまいそうなほど嬉しく感じる。紫竜はソファに深く身体を預け、片腕を背もたれにかけた。

「礼をしたいと思ってくれる気持ちは、冗談抜きで嬉しい。だから、お守りをやる」

「お守り？」

「さっきの言葉だ。もしこの先、組関係の男に捕まって身の危険を感じたら『九重頭の舎弟の千珠に予約されてる』って言っておけ。たいていの組関係者は手が出せない」

「は、はい……わかりました。……お守り、なんですね……」

どうもイマイチピンときていないようだ。九重頭のお気に入りであることから、ある程度は身が守られているということかもしれない。

「それにしても、そんなに真っ赤にならなくてもいいだろう。いくら処女をもらうとか言われたからって」

「え？　あ、違います。それで赤くなってしまったわけではないです」

「じゃあ、なにが恥ずかしかったんだ」

「あの……」

わずかにモジッとしてから、牡丹は目をそらしてほわっと頬を染めた。

「顔を近づけられたとき……千珠様が微笑まれて……。とても素敵で……どうしたらいいかわからなくて、それで……」

（マズイ……押し倒しそうだ……）

紫竜は必死に自分を押しとどめる。心の中で劣情に走りそうな自分の後頭部をひっ摑《つか》み、何度も顔を床に叩きつけて己を落ち着かせた。

「……顔が痛い……」

「なにか？」

「いや、なんでもない」

気分をリセットしなくては。このままでは、本当に顔をテーブルに叩きつけながら牡丹と話をしなくてはならなくなる。

「ところで、おまえはいつも、ああいう物語を読んでいるんだよな？」

「はい。なんていうんでしょう、日本の恋愛小説ももちろん素敵なのですが、外国文学にしかないロマンスの方向性といいますか、それに惹かれずにはいられなくて」

自分が好きなロマンス小説の話になったせいか、牡丹は両手を口元で合わせてうっとりとする。紫竜も翻訳版を数冊読んでから今回の翻訳にかかったので、その方向性とやらはなんとなくわかる。

が、ひとつだけ、牡丹はいつも〝これ〟を読んでいるのかと考えてしまった部分があったのだ。

「まあ……いいか。童貞だってエロ漫画は読むし……」

「はい？」

「処女がエロいもの読んでいても、不思議じゃないな」

「えろ……」

なんのことかと呟いて、気づいたらしく、ハッとする。慌てて弁解に走った。

「あ、あの、それは、恋愛にはそういった要素が必ずあるということで……。ですが、そういったシーンがある作品ばかりではないんですよ。千珠様が訳してくださったものが、ちょっとホットなお話だっただけで……！」

「ホット……」

なるほど、納得である。

物は言いよう。そういう表現をすれば、あまりいやらしさがない。

表現とは上手くできているものだ。かすかに苦笑いをしつつ、紫竜は話の方向を変える。

「それじゃぁ、他にはどんなのがある。おまえが他に好きなのはどんな本なんだ？　数冊読んだついでだ。俺も少し読んでみるから、教えろ」

牡丹の顔がぱあっと明るくなる。無表情のまま「最高の笑顔だな、おい！」と心の中で顔を壁に打ちつけ、紫竜はさらに彼女を喜ばせた。

「作家名とタイトルがわかるならメモをするから。いや、書いてもらったほうがいいか。口に出しにくいタイトルとかありそうだ」

「はい、書きますっ。百冊でも二百冊でも！」

「手が疲れるからやめておけ」

「ああっ、嬉しいです。千珠様と同じものについて語れるなんて。ロマンス小説は周囲にあまり読んでいる人がいなくて。なにをお勧めしよう、もう、本棚をひっくり返して全部持ってきたいです」

牡丹は大興奮である。趣味を語れることが本当に嬉しいのだ。

（こんな嬉しそうな顔をしてくれるなら、五百冊でも千冊でも読むぞ、俺はっ）

紫竜は読む気満々である。ヤル気満々になりそうだった勢いも、読書するぞ熱に吸いこまれていった。

「あっ、そうだ、千珠様、その前にお願いがあるのですが」

「なんだ?」

読書の話で盛り上がったせいか、牡丹はずいぶんと積極的だ。自分から願い事をするとは、だいぶ紫竜に慣れたのだろうか。

「千珠様の、肩幅、腕の長さ、腰回りなどを測らせていただけませんか?」

帯のあいだから小さなメジャーを取り出し、カラカラと引き出す。

「いつの間にそんなものを持っていたんだ?」

「千珠様がいらっしゃるまで仕事をしていたのです。わたし、和裁の仕事をしているので」

「和裁……、ああ、そういえば」

倉敷組のシノギに和裁や仕立てがあった。あれは牡丹が請け負っているものだったのだ。

「採寸することも多いのですが、……あの、千珠様のように、体格のいい立派な男性の採寸をしたことがなくて。してみたいなと……」

不思議な理由だが、職業病の一種かもしれない。紫竜だって、潰したことのないタイプの顔を見たら後頭部をひっ摑んで思いっきり床に叩きつけたくなる。

……という話は、牡丹が怖がったらいけないので、やめておく。

「別にかまわない。立てばいいか?」

「はい、すみません」

「スーツは？」

「上着だけ脱いでいただければ」

うながされるまま上着を脱いで立ち上がる。メジャーを引き、「楽なところから」と言って膝立ちになった牡丹が紫竜の腰回りにメジャーを回した。

これは、少々まずい体勢である。腰に抱きつくような形は取られるし、顔の位置が……非常にあらぬことを彷彿とさせる。

「千珠様は身長が高いですよね。一八〇くらいですか？」

「一八三だったかな。先日、若頭に身長勝負を仕かけられて勝ったばかりだから」

「大きいんですね。素敵です。えと……腰回りは……」

その位置で「大きい」とか「素敵」とか言わないでほしい。いや、言ってもらってもいいのだが、今は本当にマズイ。

心の中で頭を壁に打ちつけるだけでは足らず、紫竜は愛刀の長ドスで自分を切りつけながら平常心を保つ。

そうして、なんとかかんとか、牡丹のお願い採寸はクリアした。

「ありがとうございます。嬉しい。肩幅もあるし腕も脚長くて、本当に素敵です。ロマンス小説のヒーローみたい」

それを聞くと、採寸してみたいと言った理由がわかる気もする。ともあれ、牡丹が満足そうだし、先程から笑顔が途切れなくて紫竜もいい気分だ。

「それじゃ、次はおまえの好きな本の話を聞かせてくれるか？」

「はいっ」

――その後、ほどほどで切り上げるつもりだった牡丹のお勧めロマンス講義は延々と続き……。

紫竜も牡丹と話しているのが楽しくて大いに盛り上がり……。

なんと倉敷組で夕食を一緒にするというもてなしを受けたうえで帰路に就くという、特別感のある一日を過ごしてしまった。

翌日、紫竜が足を突っ込んだカチコミ現場は、機嫌がよすぎる彼のおかげで早々にケリがついた。

……のはいいのだが、「紫竜さんが来たら、俺いらねーな」と、若頭が拗《す》ねたらしい……。

それから一週間後、今度は九重頭組に、紫竜を訪ねて牡丹がやってきた。

「俺じゃなくて、おまえに用があるんだと」

九重頭も、少々拗ね気味である。紫竜はといえば、無表情で「なんの用でしょうね」と言いつつ、早く牡丹に会いたくて仕方がない。

この一週間、牡丹に勧められた小説を何冊か読んだ。牡丹が好きだという作家の作品で、未翻訳の原書も見つけたので訳してやろうかと思っている。

そんなことを言ったら、また牡丹は喜んでくれるだろうか。前回のようになにかお礼がしたいから欲しいものを教えてくれなどと言われたら、今度こそ本当に牡丹の処女が欲しいと口に出してしまうかもしれない。

通された客用の座敷で、牡丹はソワソワしながら待っていた。紫竜が入っていくと、ぱあっと絵に描いたような笑顔になる。

「どうしたんだ？　そのうち倉敷組へ俺のほうから行くと言ったが」

（かわいい！　かわいすぎる‼　なんだこの生き物は！　けしからん！）

牡丹を見るたびに紫竜の心が大騒ぎをするので、困ったものだ。

「すみません。お忙しいかなと思ったのですが」

座卓を挟まず牡丹の横に腰を下ろした紫竜の前に、風呂敷包みが置かれる。牡丹がそれを開き、紫竜は目を見張った。

そこにあるのは着物だ。それも、淡い藤色の色無地。その色は、初めて牡丹に会った日に彼女が着ていたものに似ている。

「着流しとして着ていただければと。帯もご用意させていただきました。襦袢《じゅばん》や足袋などはお持ちのものがあればと」

「おまえが……縫ったのか？」

牡丹は恥ずかしそうにこくりとうなずく。

「背が高くて体格のいい男性のものは初めてでしたので、ちょっと手間取ってしまいました。ですが、とても楽しかったです。千珠様と本の話をしながら過ごした時間がとても嬉《うれ》しくて。いいえ、千珠様のお言葉、お気持ち、すべてが……わたしを動かすのです。どうしようもなく……」

「もしかして、あの日、採寸していたのは……」

「申し訳ございません。騙《だま》したようになってしまいました。初めて千珠様を見たときから、きっと、着流し姿がお似合いになる方だと思っていたので」

これを牡丹が、紫竜のために、自らの手で縫ってくれた。――なんという至福。

紫竜は立ち上がると、おもむろにスーツを脱ぎはじめた。慌てたのは牡丹である。

「せ、千珠様、なにをっ……」

「別に襲いたくなったわけじゃないから安心しろ」

（とっくになってるしな！）

「あ……、そうなんですか？」

牡丹の返しが、ちょっと残念そうに聞こえるのは……きっと気のせいだ。

「せっかく牡丹が誂《あつら》えてくれたんだ。合わせない手はないだろう」

シャツを脱いだところで、背中から上腕、腰にまで広がる入れ墨に気づいた牡丹がハッとした顔をする。しかしトラウザーズのベルトに手をかけると、くるっとうしろを向いてしまった。

「別に見ていてもいいが」

「い、いいえ、それは……」

かなり恥ずかしいようだ。こっちは理性を吹っ飛ばすことができるなら、今すぐ牡丹の小紋をひん剝いてやりたいくらいだというのに。

着流しを手に取り袖を通す。サラリとして心地がいい。なにより牡丹が縫ってくれたのだと思うと、このまま着流しを抱きしめて転げ回りたい。

「牡丹」

「は……？　はいぃっ⁉」

いきなり名前を呼ばれたからだろう。間違いなく牡丹の身体が一センチは飛び上がったと思う。

「こっちを向け」

こそっと顔だけを向ける牡丹に。紫竜は帯を差し出す。

「帯、頼めるか？」

「はい」

結べないわけではない。けれど、牡丹に結んでほしかった。

帯を受け取り、紫竜のうしろに回って帯を結ぶ。「結べました」という声が聞こえてから牡丹のほうを向いた。

「ちゃんと採寸してもらったせいかな。とても着心地がいい。牡丹は腕がいいんだな」

牡丹は両手で口を覆って、両目を潤ませながら紫竜を見つめている。

「似合うか？」

尋ねられ、牡丹はそのまま何度も首を大きく縦に振る。

「そうか、よかった。色もいいな。牡丹がこの色の着物を着ていた日を思いだす」

腰を下ろし胡坐を掻く。牡丹がおそるおそる寄ってきた。

「脚とか、窮屈ではありませんか？　肩とか……」

「大丈夫だ。すごくいいな。一生着ていられそうだ」

ちょっと目を見開き、牡丹が固唾を呑んだのがわかる。なにか言いたいことでもあるのだろうかと疑問が湧いたとき、いそいそと背後に回った。

背中に寄っていたシワを伸ばしてくれる。彼女の手で背中を撫でられるとなぜか身体があたたかくなる。

「……千珠様」

「なんだ?」

「お聞きしたいのですが……」

決意を感じる口調だ。先程からなにか聞きたそうにしていた。なんだろう。なにか不安なことでもあるのだろうか。

「お守りは……お守りのままなのですか?」

「お守り?」

口にしてから思いだす。身の危険があったとき『九重頭の舎弟の千珠に予約されてる』という言葉をお守りにしていいと言ったことだ。

「予約は……予約のままで終わるのですか……」

牡丹の声は泣きそうになる。

「……椿の庭でお見かけしたときから……わたしの心の中は千珠様でいっぱいです。いつも貴方のことばかりが頭に浮かんで、貴方の広い胸に抱かれたらどんな気持ちになるのだろうと、そんな、恥ずかしいことばかりを考えて……」

この告白をするために、牡丹は会いにきてくれたのだ。紫竜のために着物を縫い、ひと針ひと針、想いを縫いこんで。

「千珠様の……欲しいものに……してはもらえないのですか……」

紫竜は腕をうしろへ回し、さらうように牡丹を引き寄せる。体勢を崩した彼女を両脚のあいだに入れ、両腕で包むように抱きしめた。

なんて愛しいんだろう。この世の中に、愛しく感じるものが存在していたなんて。まだ信じられない。

けれどこれは現実だ。生きていて、これほど嬉しいことがあっただろうか。

「千……珠、さま……」

「紫竜だ」

牡丹と視線を絡め、紫竜は嬉しそうに微笑む。

「紫竜だ、牡丹」

牡丹の瞳がさらに潤んでいく。彼女も嬉しそうに微笑んだ。

「紫竜さん……」

強く、二人の唇が重なった――。


その後、紫竜は牡丹と祝言を挙げ、自分の組を持つこととなる。

着流しに長ドスがトレードマークの無表情が怖いインテリメガネ。いいのか悪いのか、そんなイメージが定着する。

が、一部の人間は知っているのだ。

そんな彼の趣味が読書で、主に海外のロマンス小説であること。

そして、妻の前では表情豊かで、よく笑う、世界で一番に妻を愛している男だということを。


――彼女が、先に逝っても……。

今も、尚、二人のロマンスは続いている――――。

END

あとがき

あとがきを書く段階で思い返してみると、出てくるのは男性キャラばっかりでしたね。
いや、真理亜《まりあ》にもちゃんと女の子のお友だちはいるんですよ（飲み友）！
でもキャラが濃かったせいか、真理亜と牡丹《ぼたん》さんだけで充分だった気もしています。

今回は番外編を入れさせていただきました。
本編を書き終わったあとに、どうしても書きたくて担当様にお願いをしたのです。ただ、メイン二人のお話ではないし、望み薄いかな……という気持ちでいたところ、嬉しいことにご快諾いただけまして。もう、喜び勇んで書きました！　ここ数年の中で、一番の捗り具合だったと思います（笑）！
……いつもこのくらいの気合いで書けたらいいのに…………（本音）
それが、今作の推しサブキャラ、紫竜《しりゅう》さんの番外編です。牡丹さんとのなれ初めは本編を書いているときから頭にあって、どうして彼がロマンス小説を読むようになったのか、本編に入れられなかったものを番外編で書くことができました！　嬉しい！

酸いも甘いも悟りきった大の男が天然美少女に振り回されるのは、なんともいえず楽しかったです。今回は、番外編も本編です。番外編を飛ばしてしまった方や、あとがきを先に読んでいる方にも、ぜひぜひ、番外編もお楽しみくださいとお伝えしたい！

もう、担当様、番外編のご快諾、本当にありがとうございました！　燃え尽きるくらい捗りました（燃え尽きちゃ駄目）！　今回もいろいろとお世話になり、毎回メールに向かって拝んでいます。イラストをご担当くださりました炎《ほのお》かりよ先生、ラフをいただいた瞬間に「もう今日はこれだけ眺めていたい」と息が停まったくらいカッコいい泰雅《たいが》と清純派美少女の真理亜を、ありがとうございます！　前回に続いての極道モノでしたが、炎先生にご担当いただけて本当に嬉しいです！　本作に関わってくださいました皆様、見守ってくれる家族や友人、そして、本書をお手に取ってくださりましたあなたに、心から感謝いたします。

ありがとうございました。またご縁がありますことを願って――――。

幸せな物語が、少しでも皆様の癒やしになれますように。　令和四年五月／玉紀《たまき》　直《なお》

Vanilla《ヴァニラ》文庫Miel《ミエル》
元カレCEOと子づくり婚!?
想定外の愛され同棲♥
玉紀 直
NAO TAMAKI
Illust: 炎かりよ
デキるまで、
毎日、何回も、しよう♥
「俺の子どもを産んでくれ」元カレが突然私と子づくりしたいって言ってきた!?　ある条件と引き換えにOKしたのは、本当は彼のことがまだ好きだったから。甘く優しい愛撫を繰り返される毎日で、とろとろの蜜月同棲♡　彼も私に気持ちがあるって錯覚してしまいそう…。だけど、CEOである彼にはやっぱり私よりもふさわしい女性がいて――!?
オトメのためのイマドキ・ラブロマンス♥

Vanilla文庫Miel
はじめましての元夫から
復縁プロポーズされてます!?
玉紀 直
Illust 芦原モカ
離婚したとたん、溺愛求婚!?
傲慢御曹司の元夫がトロ甘に豹変して♥
「離婚したいなら、処女だと確かめさせろ」
一度も会ったことのない夫・英隆さんとの離婚を決めた私。だけど不貞を疑われ、潔白の証明のため抱かれることに!?　傲慢なはずの彼がベッドでは優しく、とろとろにされて♥　けじめをつけるための最初で最後の夫婦の夜。でも、離婚したとたん、どうして溺愛してくるの!?　彼は復縁したいと言うけれど……!?
オトメのためのイマドキ・ラブロマンス♥

嘘つき極道たちのかりそめ純愛

～私たち、別れる運命ですが!? ～　Vanilla文庫 Miel

2022年7月20日　第1刷発行　　定価はカバーに表示してあります

著　者　玉紀 直　©NAO TAMAKI 2022
装　画　炎かりよ
発行人　鈴木幸辰
発行所　株式会社ハーパーコリンズ・ジャパン
東京都千代田区大手町1-5-1
電話　03-6269-2883（営業）
0570-008091（読者サービス係）
印刷・製本　中央精版印刷株式会社

Printed in Japan ©K.K.HarperCollins Japan 2022 ISBN978-4-596-70981-3